文治
© wénzhi books

更好的阅读

破碎的杀意

こわれもの

[日] 浦贺和宏 著

水七木 译

贵州出版集团
贵州人民出版社

清晨醒来，周围的一切总是那么明媚亮丽，仿佛置身于盛夏的海岸。最近这段时间更是如此。床上那雪白的床单即是海滩，醒来之后最先听到的秒针声即是潮起潮落的海浪声。从窗外洒进来的阳光跟海岸边的别无两样，都来自同一个太阳。

　　里美悄悄地从被窝里爬了出来，生怕把身旁的阵内吵醒。时针嘀嘀嘀地刻画出海浪声。里美抬头看了眼时钟，离上班还有一段时间，吃完早饭再出门也还来得及。

　　里美下楼打扮了一番，穿上了淡蓝色的外套和白色的迷你短裙，做好了随时能出门的准备。然后，她围上围裙，开始做早餐。她打上两个蛋煎好，配上煎得酥脆的培根，再将吐司片烤至微微焦黄，接着用订购的有机生菜和西蓝花配上满满的番茄，并浇上了芝麻风味的酱汁，做成沙拉。

　　自从认识阵内以来，里美感到，原本令人倦怠的星期一变得让人心旷神怡起来。如今，这种愉悦的感觉已经达到了顶点。

里美此前的人生充满了辛酸往事，根本谈不上幸福。她甚至还一度想寻短见，但现在她已经深刻地认识到了活着的意义。

里美从周六开始就住到了未婚夫阵内龙二的新家里，这也是属于他们两人的新家。她打算下周就从自己住的公寓搬到这里来。

他们都还只有二十四五岁，竟然就有了自己的新家。里美沉浸在幸福之中，有些恍惚。突然，一阵不安涌上心头。这份幸福不可能永远持续下去。未婚夫是自由职业，靠才华吃饭。在竞争激烈的行业里，只消一眨眼的工夫就会跌落谷底。

里美苦笑着，抛开了这种想法。

别再胡思乱想了，又没有哪条法律规定不可以过得幸福。

阵内还没下楼，但也不好强行叫他起床。他平时工作劳累，里美想让他睡到自然醒。

里美迅速做好早餐并将食物盛在两套餐具里，不过已经没时间一起用餐了。

里美用叉子将沙拉送入口中。她想象着今后的生活，情不自禁地露出了笑容。独自吃早餐也绝不会寂寞。明天又能见到他。不光是明天，还有后天、大后天，接下来每一天都能见到他。里美可以永远和他在一起，至死方休，这绝非梦话。

吃完早餐，里美正收拾着餐具，未婚夫来到了厨房。

"早上好。"里美冲着他微笑。

阵内顶着一头乱蓬蓬的头发，腼腆地微笑着，向里美道了早安。他对外是一位人气漫画家，此刻却是一副慵懒的表情，慢悠悠地迈着闲散的步子，将自己的一切都展现在了里美面前。这一件件日常琐碎在里美看来弥足珍贵。

　　"看起来很美味啊。"阵内打着哈欠，环视了一圈餐桌，"怎么只有一人份呢？"

　　"时间不早了，我得去公司了。再不出门就要迟到了。"

　　"饿着肚子开车会精神不集中，容易出事哟。"

　　"没事，我刚刚已经吃过了。"

　　说完，里美调皮地笑了笑。

　　阵内龙二在出道几年后就建好了现在这座房子，还买了辆车送给未婚妻当作生日礼物，这就是所谓的成功人士吧。

　　"那我就先走啰。"

　　"等等。"

　　阵内叫住了擦身而过的里美。

　　"怎么了？啊——"

　　说时迟，那时快，里美的嘴唇被堵上了。她缓缓闭上双眼，体验着已重复数百次的行为，可无论第几次，都宛如初次那般新鲜。这次也不例外。

　　唇舌交缠后，阵内移开嘴唇，微微一笑后说道："路上小心。"

里美也在他的耳畔低语："那我走了。"

说罢，她转身朝玄关走去，准备穿上今年生日收到的礼物——一双菲拉格慕高跟鞋。她蹲下身子系着鞋带。

这时，阵内从背后叫住了她。

"里美，你有东西忘了。"

"啊？什么东西？"

刚才已经吻过了，还能是什么呢？里美满腹狐疑地想着，转过了身。

*

我每周都会买《周刊Internal》杂志，一期不落，就是为了看阵内龙二老师的《行星轨道[1]》。漫画中的角色富有个性和魅力，剧情跌宕起伏，让人欲罢不能。可是，这周刊登的故事情节我怎么都无法接受。为什么要让海乐欣[2]死呢？退一步讲，就算要让她死，为什么不安排一个更符合女主角身份的死亡方式，让

---

1 行星轨道：日语原文スニヴィライゼイション，即 Snivilisation，为英国电子乐队 Orbital 发行于 1994 年的电子音乐专辑。此处把该作品译为"行星轨道"，漫画中的众多角色名字都是 Orbital 乐队的同名乐曲，后文将分别通过注释标明。——文中注释，如无特殊说明，均为译者注

2 海乐欣：Halcyon，收录于 Orbital 乐队 1992 年发行的 EP *Radiccio* 中。

她的死更有意义？全国粉丝都会觉得沮丧，也会对阵内老师感到失望吧。

——神奈川县 十四岁 男 初中生 伊藤浩

您在完稿前的所有内容都对编辑部守口如瓶吗？一定是这样。像您这样的畅销漫画家，所做的事绝对无法被动摇。我曾经也把稿子带到过编辑部，但被编辑以"漫画的作画方式不明"为由拒稿。编辑们也无法反对在版税收入排行榜中占有一席之地的作家吧。阵内先生，作品确实属于您，您想画什么就画什么。但请别忘记，您能像这样随意践踏粉丝的感情，也正是缘于我们这些粉丝对您的支持。我想大家的意见应该都一致吧。

——爱知县 二十岁 男 大学生 近藤常久

我之前从未给杂志社写过信，但这次比较特别。在这里，我向贵社表示抗议。贵社在本周的杂志中刊登了阵内龙二的《行星轨道》第142话，这种行为真的正确吗？是否认真对待了读者的意见？在我看来，作者是难以继续画下去，才草草安排了海乐欣的死亡。明明可以停载两周来构思剧情，为什么要把故事随随便便画成这样？

——北海道 二十八岁 男 公司员工 冈城仁史

我设想了很多想写的话，可到了提笔之时却不知道该写些什么了。我只想表达我的愤怒。我想说的是，阵内龙二的《行星轨道》第142话太自以为是了，他草草地画完稿子，敷衍了事，这对作品来说简直是灾难。

——东京都 二十三岁 男 公司员工 中居德郎

我每周都买《周刊Internal》，就是为了看《行星轨道》。迄今为止发行的单行本，我也全部买了下来。可是，这周是我最后一次买这本杂志了。不画海乐欣的阵内龙二，没有任何价值可言。

——千叶县 二十岁 男 大学生 菊池和义

别小瞧读者了！上一期是遗失了稿子，这一期就用那么无聊的方式将读者最喜欢的角色给画死了。

——京都府 十九岁 自由职业者 松本洋嗣

这一期的《行星轨道》太差劲了！

——千叶县 十四岁 男 初中生 铃木冬树

我要脱粉，不再做阵内龙二的粉丝了。

——东京都 二十五岁 男 公务员 安藤光

阵内，去死吧。

——匿名

"唉，算了……"

阵内龙二嘟囔着，无力地垂下了双臂。明信片和信笺从他手中滑落，散落在桌面上。另有几张在空中飞舞，掉到了地上。立花和也不动声色地弯下腰，一张一张地捡了起来。

凌晨两点，位于高轮[1]的阵内工作室附近的一家家庭餐馆里没多少顾客，而阵内龙二和立花和也正坐在餐馆最靠里的位置。

阵内只点了一杯咖啡，但已在店里泡了好几个小时，服务员屡屡投来不耐烦的目光。不过，现在的阵内可没有心思去关注这些。他有太多的问题亟待解决，只是不知道该从哪儿着手。还没等他整理好情绪，时间就这样一分一秒地过去了。

今天又是这样度过的。

阵内的工作进展不顺，再加上之前那起灾难快要把他的心给捏碎，他便逃到了这家餐馆里。

"你竟然知道我在这里。"阵内说道。

1　高轮：位于东京都港区的一处高级住宅区，距离品川站很近。高轮皇族邸就位于一丁目。

立花冷冷地回答说是阵内的助手细野告诉他的。接下来他便开始发牢骚。

"编辑部已经乱作一团了。我们每天都会收到几百封寄给您的信。今天我只带来了一小部分，剩下的实在是拿不过来。改天我会寄到您家里，或者寄到您的工作室，如何？"

家里的粉丝信已经堆积如山。所谓粉丝信只是名义上的，信的内容其实都是恶意谩骂。这情景光是想想都觉得可怕。

"这就不用了吧，我也不想看那些信。你帮我扔了吧。"

"不，您还是先过目一遍再自行处置吧。万一有重要的信被扔了，我可担不起这个责任。"

阵内低下头，黯然地叹了一口气。

"这些都是读者的意见。"立花将捡起来的信交给了他。

阵内琢磨着他的言外之意。粉丝信的内容五花八门，有抗议，有批判，甚至还有恐吓，但概括起来都是同一个主题。

"也就是说，我不该安排海乐欣死？"

"我可没这么说。您要是能创造出新的角色来代替海乐欣，那些喜新厌旧的读者就会忘了她。"

新角色？海乐欣是从连载第1话就出场的人物，地位仅次于主角。要创造出代替她的角色可不是一朝一夕之事。

"其实也不用非得在新角色上下功夫。海乐欣之死肯定会给《行星轨道》今后的剧情发展带来戏剧性变化。我希望您能构思出令所有读者都意想不到的故事情节。"

读者也好，编辑也罢，他们都太过分了，想当然地提出这些完全超出他能力范围的要求。

阵内深深的叹息中带有一丝讽刺。

"说得倒是轻巧。最近的读者眼光很高，他们从小就接触了大量的漫画、电影和小说，并在这种环境中成长起来。现在的故事已经没有新意了，只有老故事衍生而来的变体。哪能这么容易就构思出让所有读者都想不到的情节啊？"

立花对阵内的抱怨似乎充耳不闻，而是提了一个久违的角色名字："对了，贝尔法斯特[1]已经很久没出场了吧？"

"哪是什么出不出场的问题，我两年前就让他死了啊。"

"撒旦的真面目就是贝尔法斯特，这个设定如何？"

"不行，太牵强了。"

"就算牵强又如何。主角柴姆[2]的宿敌撒旦其实是他的师父。"

"可是贝尔法斯特被斯皮德·弗里克[3]杀死那一幕又该怎

1　贝尔法斯特：Belfast，收录于 Orbital 乐队发行于 1991 年的 EP *III* 中。本张 EP 共收录了三首歌曲，下文的撒旦（Satan）也在其中。

2　柴姆：Chime，Orbital 乐队于 1989 年发行的单曲，也是该乐队的成名曲。

3　斯皮德·弗里克：Speed Freak，收录于 Orbital 乐队 1991 年发行的首张同名专辑 *Orbital* 中。

处理？这已经是两年前的章节内容了，事到如今也不能当作没发生过吧。"

"贝尔法斯特被杀那一幕实际上是从柴姆的视角来描写的吧。柴姆本打算去救贝尔法斯特，但最后放弃了。"

"那是为了尽快逃走。柴姆他们在神匣[1]空间站的司令室设置了炸弹，还有三十秒就要爆炸了，哪还有什么工夫救人。"

"我不是这个意思。这件事的关键在于柴姆并没有去确认贝尔法斯特的尸体。"

"也就是说，那场打斗是贝尔法斯特和斯皮德·弗里克在演戏？"

"对。幸运的是，撒旦从初次出场以来都蒙着脸，他的真实面貌无疑是吸引读者兴趣的一个要素。我记得贝尔法斯特和撒旦还没在故事里同时亮过相，因此，我们还有欺瞒读者的空间。"

"海乐欣之死促使柴姆发现撒旦和贝尔法斯特其实是同一个人？"

"对。必要的话，还可以把海乐欣设定成反派那边的人。这样一来，就有新的故事可以讲了。她为什么要当间谍来接触柴姆呢？这些剧情就在《行星轨道》第二部中展开怎么样？或者，

1　神匣：The Box，收录于 Orbital 乐队 1995 年发行的专辑 *In Sides* 中。

第二部干脆就以海乐欣为主角。"

到头来还是海乐欣啊!

阵内凝视着立花说:"这封粉丝信里写'没有海乐欣出场的《行星轨道》没有任何价值可言',你也是一样的看法吗?或者说,不画海乐欣的阵内龙二,他的漫画家生涯就会结束?"

"没人这么说啊。"

"只要我继续画那部漫画,就得继续画海乐欣吗?"

"您那么不愿意画海乐欣吗?那就让一个新的女性角色出场,这个角色有海乐欣的影子?我们可以设定海乐欣还有个妹妹。"

阵内又是一阵叹息,将杯中水一饮而尽。他一边擦着嘴角的水滴,一边说:"那你为什么不反对我呢?"

"您的意思是?"

"你当时看完稿子,为什么没反对我?"

"您忘了?我当时没有时间反对。您在第142话前面那期遗失了稿子,连下回预告都没有。这在您的漫画家生涯中还是第一次。当时,我们不得不将未发表过的短篇漫画放了一篇进去应急。如果下一期还是没有出现您的作品,会影响读者对您的信任。只是您个人的问题也就算了,但这可能会让读者不再信任《周刊Internal》,因此我们无论如何也要采用这篇稿子。"

听着立花的话,阵内觉得头都大了。编辑经常与各种类型的作家打交道，因此大多口齿伶俐。他们在被追究责任时，擅于说一些模棱两可的话糊弄过去。立花那时候多半也只考虑了眼前的利益，没有做长期的打算。他们可没有道理一个劲地单方面指责自己。立花现在终于意识到，没了海乐欣的《行星轨道》，不，应该是没了海乐欣的漫画杂志《周刊Internal》可谓前途堪忧。不过，一切都晚了。

"遗失了稿子，我很抱歉。"

"事情已经过去了。不过话说回来，您现在画海乐欣已经画腻了吗？"

"不是腻不腻这么简单的问题。"

"那是什么问题？"

"海乐欣最受读者欢迎，所以我才安排了她的死亡。辜负粉丝的期待才是给他们的最好回馈。"阵内的声音有些颤抖。他认识到自己在逞能。

"让粉丝愤怒和失望是在给他们回馈？"

这次轮到立花叹气了。

"没错。我是让《行星轨道》的读者睁开双眼，认清现实。迷恋漫画中的少女实属无趣。"

"无趣又怎样，有销量就行了。阵内先生，您不会是不想当漫画家了吧？"

立花突然露出诧异的神色。

阵内对此嗤之以鼻。怎么会说出这种话？他现在确实处于绝望的深渊。然而，让他感到绝望的并不是漫画家的职业生涯抉择这种细枝末节的问题。

"如果我才思枯竭，画的漫画卖不出去了，那另当别论。否则，我是不会主动放弃漫画家这条路的。"

听到阵内这么说，立花惊讶地盯着他。

"怎么了？为什么用这种眼神看我？"

"阵内先生，我可以说说我的真实想法吗？"

"你有什么话就直说吧。"

"我很后悔。"

"为什么？"

"后悔没有一直缠着您，没有强行阻止您画死海乐欣。"

终于说出真心话了。

"对你来说，我的作品只不过是生意吧。一旦画死海乐欣，她的粉丝就会离去，杂志和单行本的销量就会下跌。"

"老实说，确实有这么一部分原因，但也不仅仅是这样。"

"那是什么？"

"您让海乐欣死就死吧，但她这个角色一直在推动故事情节的发展。如果非要让她死，那就应该安排得更有意义。"

"更有意义？"

"没错。"立花深深地点了点头，"作为仅次于主角的人物，为什么非得让她以这种无趣的方式死去？居然在回来途中撞上了失控的己方战斗机。"

"无趣的方式？"

"而且这太突然了。第142话根本没出现战斗场面，完全无法理解战斗机失控的原因。平淡的故事最后突然出现了海乐欣死亡的场景，您或许会说前半部分是对战斗员们平静而安稳的日常生活娓娓道来，那么后半部分突发的悲剧就会显得别出心裁。但您一路走来的所有作品我都看过，丝毫没有在这一话中感受到的这种意图。这种不协调的感觉就像是把完全不同的两个章节的开头和结尾拼接起来一样。您没做任何铺垫就安排了突兀的情节，这种做法会让人觉得您是想不出剧情才让海乐欣死的。"

阵内默不作声地听着，但已经到了忍耐的极限。他双手在桌子上用力一拍，站了起来。出于愤怒，他的声音颤抖着："太突然了？没做任何铺垫？开什么玩笑！现实世界中哪有不突然的死亡？哪有人死了还提前做好铺垫的？这可不是在画漫画。现实世界中的死亡大多是突发的、没有任何前兆的，这才理所当然。"

阵内的怒吼声在深夜的餐厅里回荡。店里为数不多的客人都惊讶地看着他。服务员也瞪了瞪他，示意他不要打扰到其他的客人。

立花看着喘着粗气的阵内，用劝诫的口吻说道："我们讨论的不是现实世界，而是漫画。"

阵内埋头躲开了他的目光，瘫坐在椅子上喃喃地说："里美也是这样死去的。"

这句话是阵内说给自己听的。他从立花的眼神里清楚地感受到了同情，这让他甚是痛苦。

海乐欣死亡的那一幕就创作于里美死后不久。海乐欣就是里美的缩影，不仅仅是外形相似，就连死亡都同样是突发的，没有任何前兆。

阵内觉得，无论是里美的死，还是漫画生涯碰壁，都是上天给他的惩罚。

那天，里美在出门前说："龙二，你有漫画家的才华吧？"

阵内不清楚她为什么突然这么问，却还是笑盈盈地回答道："对啊，我有才华，里美你是最清楚不过的吧。"

里美定是看穿了一切。这就是女人的直觉。里美已经看出来他并没有画漫画的才华，他能走到今天基本算是奇迹。

而这就是他见里美的最后一面。

里美……

要是现在就落泪，他估计能哭出好几升泪水吧。

立花一言不发地站了起来，桌椅的响动把阵内从回忆中拉了回来。

"我就先回去了。请您再思考一下《行星轨道》的后续情节。"

说完，他便转身离开了。

编辑总是想说什么就说什么，情况不妙时就溜走。

"立花。"

他疑惑地转过了头。

阵内继续说道："我不会再画海乐欣了。你刚才提到《行星轨道》第二部用来讲述海乐欣的过去经历，这个方案我就不打算采用了，没问题吧？"

"这是您的自由，毕竟最后都是您来画。无论作品如何，只要受欢迎就没有问题。"

"我永远都不想画海乐欣了——这话并不是随便说说的。你刚才说第二部的主角是海乐欣吧？可这个角色在第一部的末尾就死了。注定要死的角色成为主角，你觉得这种漫画会有吸引力吗？"

立花表示赞同。阵内觉得自己现在无论说什么，他都不会反对了。

阵内继续自己未说完的话。他并非说给立花听，而是在自言自语："主角的死亡是既定事实的故事，画起来没劲，读起来也没劲。"

*

柴姆伫立在船舱里。

窗外，群星划过，流光溢彩。

此时正值战斗的闲暇时刻，甚是恬静。

柴姆想起了海乐欣。

他决定等她回来就跟她表明自己的心意。

柴姆听到一阵脚步声，回过头。

他以为是海乐欣。

可是，并不是她。

站在他面前的是福埃沃[1]。

福埃沃面色惨白，喃喃说道："海乐欣……死了。"

起初柴姆还以为福埃沃在开什么恶劣的玩笑。

可是，看到他那郑重其事的样子，柴姆立刻就明白了。

柴姆神色惊愕，面部已经扭曲。

"她在回来的途中撞上了一架失控的战斗机……"

还没等福埃沃说完，柴姆就冲了出去。

他的脑海里一直回荡着这句话：一定有什么地方搞错了。

1　福埃沃：Forever，收录于 Orbital 乐队于 1994 年发行的专辑 Snivilisation 中。

甲板处来了很多机组人员。

何博士[1]对柴姆说："我们只回收到了那个。"

柴姆追随着何博士的目光看去。

只见那里躺着宇宙王国军的战斗机残骸。

柴姆跌跌撞撞地走向残骸。

残骸上有柴姆的签名。

她的机身上写有柴姆的名字，以祈求平安。

柴姆失声痛哭。

海乐欣死了。

三桥光一看着眼前雪白的信纸，陷入了沉思。

他已经思索了大概两个小时，但还是写不出一行字。这么想来，他从念小学那会儿就一直不擅长写作文。

窗外传来了嘈杂的嘻哈音乐，是一首外国歌手唱的说唱歌曲。三桥不知道歌名，也不知道是谁唱的，这是住在隔壁的落榜生所放的音乐。完全是噪声。如果想大声听音乐，要么就戴上耳机听，要么就去无人岛放啊。

1　何博士：日语原文ドクター・フー（英语：Doctor Who），是英国广播公司（BBC）于1963年开始播放的世界上最长的科幻电视剧，讲述了外星人博士与地球人同伴一起自由地穿梭时空，在探索宇宙的过程中为了帮助地球或其他行星抵御外敌入侵、防止时空错乱而四处奔走的冒险故事。

三桥正下定决心准备抗议，但发现自己已经有过好几次这种念头了。那个比他小两岁的落榜生染着一头金发，每天都带不同的女人回来，到了周末则摇身一变成了机车党。比起三桥，他身高更高，体格也更健壮。要是多嘴被他揍了，那可就亏大发了。甚至还可能被他恐吓讨钱，这样一来，原本就少得可怜的零花钱更所剩无几了。与其冒不必要的风险，不去打交道才更明智。

三桥尽量集中注意力不去听隔壁的音乐，目不转睛地盯着眼前的信纸。他拿起了笔并做好了准备，以便随时都能写出文字。

三桥想写的信是寄给某位漫画家的，大概就是所谓的粉丝信。

这是三桥生平第一次写粉丝信，所以一时半会儿还想不出要写些什么。就在冥思苦想中，时间一分一秒地流逝。完全就是浪费时间。正是因为他想得太多，才什么都写不出来。不要担心写废一两张信纸，就随便写点什么吧。如此一来，思路应该就清晰了。

三桥有太多东西想写，却又没有信心能用文字表达出来。他能够预想到，如果把自己对海乐欣的思恋之情原封不动地写在信纸上，写出来的文字一定是支离破碎的。

在一番踟蹰不决之后，三桥最终写下了这句话：

阵内，去死吧。

三桥将这句简单明了的话反复读了好几次，决定就这么寄出去。

与其反反复复地写一些无用的东西，不如就像这样直白明了，这样才更能让对方感受到自己的愤怒。

《周刊Internal》的读者明信片上需要填写地址、姓名、年龄、职业和性别。三桥原本打算像写明信片那样，在这封信上写上自己的个人信息。但他的这封粉丝信只写了一行字，目的只是故意让收件人怄气，因此还是匿名为妙。

三桥在信封上写好编辑部的地址，封好信封并贴上邮票后，再次打开了昨天刚发售的《周刊Internal》。

整本杂志只有一部连载漫画值得看，那便是《行星轨道》的第142话。

他究竟看了多少遍呢？三桥也不清楚，不过肯定已经十几二十遍了。

昨天刚刚看完第142话后，三桥的心情只用两个字就能概括：震惊。然而，在很短的时间内，他的心情便由震惊转变为对作者阵内龙二的愤怒。听闻海乐欣的死讯，柴姆失声痛哭，而这也正是三桥的反应。

《行星轨道》是阵内龙二的作品。三桥一直以来饱览各种动漫作品，却从来没有一部作品能像《行星轨迹》这样抓住他的心，让他疯狂。

这部作品以宇宙战争为背景，讲述了脸上有伤痕、内心也受过伤的少年柴姆的成长经历。登场的角色还有他的挚友福埃沃以及军医何博士。反派角色是穷凶极恶的大魔王撒旦，他的据点是宇宙空间站——神匣。以前还有一个名叫贝尔法斯特的角色出场过。他在军队里是柴姆的长官，为人不苟言笑，总是严厉地教导着柴姆。不过，他不时也会展现出温柔的一面，是个很讨喜的角色。三桥觉得贝尔法斯特被塑造成了一个可靠父亲的形象，他非常喜欢这个角色。但在两年前的战斗中，贝尔法斯特死于撒旦的部下斯皮德·弗里克手中。

当然，三桥那时也为之悲叹。不过，贝尔法斯特是为荣誉而战死的，并且在之前的故事中也有多处不吉利的描写暗示了他的死亡，因此三桥坦然地接受了这个结果。他甚至觉得贝尔法斯特之死对整个故事的情节发展来说不可或缺。

对柴姆来说，深受尊敬的长官之死是一个转折点，这标志着他从一名少年成长为一个男子汉。

可是，海乐欣的死却看不出有什么意义，就跟白死了一样。她驾驶的战斗机撞上了别人的战斗机，这便是死因。而且，她并不是死于战斗期间，而是死于日常时期。

开什么玩笑！作者根本没有认真画！既没有伏笔，也没有前兆，就像是故意安排的意外一样。

海乐欣是女主角。贝尔法斯特暂且不论，海乐欣甚至比主角柴姆更能代表《行星轨道》。就算没听过这部漫画，许多人应该都在书店的海报上见过她。海乐欣的人气常常可以和《行星轨道》的人气画等号。为什么作者非得让她死得毫无意义？

三桥闭上双眼，脑海中浮现出了曾经见过的各种状态的海乐欣：面无表情的她、泪洒衣襟的她、开怀大笑的她……回顾着她的种种神情，三桥的心揪得更紧了。海乐欣就是他的恋人——至少他是这么认为的。

《行星轨道》中有一幕最受三桥的喜爱。

——你并不丑陋。

柴姆幼时居住的镇子受到了政变军的炮轰，他的脸因此受了严重的烧伤，左脸都是瘢痕，被长长的刘海儿给盖住。这张脸让他非常自卑。在连载刚开始那会儿，柴姆成天都是一副郁郁寡欢的阴暗模样，从没有笑过。战火烧伤了他的脸，这成了他的心理阴影，使得他一直恐惧战斗。无论是驾驶战斗机还是射击，他的成绩都垫底。

然而，海乐欣打开了柴姆的心扉。

海乐欣一边温柔地微笑着，一边轻轻地拨开了盖住他半边脸的刘海儿。柴姆脸上的烧伤第一次完全呈现在了读者眼前。

目前还没有第二次，可能以后也不会有了。

"你并不丑陋，也不弱小。"海乐欣说道，"强大的人最美丽。"

这件事促使柴姆察觉到了隐藏在自己身体里的未知力量。他的实力迅速提升，并在他的长官贝尔法斯特战死之时，达到了前所未有的巅峰。柴姆从神匣空间站逃出来后，只身前往政变军部队，以超人般的能力看破了敌人的攻击策略，歼灭了大部分敌军。

三桥在柴姆身上看到了自己的影子。这个没用的少年对自己的外貌非常自卑，对战斗的学习和演练都不得要领，却因为一个美丽的少女而觉醒，唤醒了自己未知的能力。

三桥常常一边读着《行星轨道》，一边幻想着有朝一日也能遇到海乐欣那样的女生，这样的时光对他来说已经无可替代。

三桥身上发生的事足以让他认为自己和海乐欣的命运是联结在一起的。

全日本有好几十万读者都爱上了海乐欣。然而无论是几十万还是几百万，他都是读者中最无可挑剔的那一个。

三桥伸出了手，指尖碰到了一个抱枕。他将抱枕拉到身旁。这是个长度约160厘米的抱枕，表面印有海乐欣的画像，画像大小基本跟海乐欣的身形一致。

*

一封、两封、三封……

阵内在回到家后，一封封地整理着方才立花在餐馆交给他的粉丝信。

所谓粉丝信，其实是针对海乐欣被画死一事而进行抗议的信件；所谓整理，不过是按照粉丝性别进行分类。

在堆积如山的粉丝信中，绝大多数是男性写的。一般来讲，在写粉丝信的读者中女性占比更高，但这次的情况却相反。平常不怎么写粉丝信的男性读者，这次因海乐欣之死而怒火中烧。

海乐欣在男性读者中具有压倒性的人气。作为给男性粉丝的回馈，主角柴姆与海乐欣的关系在朋友和恋人之间来回试探，但绝不一锤定音，一直保持着摇摆不定的状态。读者会把自己投射到柴姆身上，幻想着与海乐欣谈恋爱。

然而，随着阵内安排了海乐欣死亡，这种幻想将不复存在。

在女性读者寄来的粉丝信中，很少会有不由分说地抗议海乐欣之死的。正因为如此，阵内最近都只读女性读者寄来的信了。相反，男性读者寄来的信，他连看都不看一眼就直接扔进了垃圾箱。

在家庭餐厅里，立花强迫阵内看了粉丝信，这让阵内的情绪越发沉重和郁闷。在阵内的漫画家生涯里，这还是头一次收到这么多不认可自己作品的粉丝信。

这些被筛选出来的、被打上了"待销毁"标签的粉丝信，被阵内塞进了黑色垃圾袋，准备第二天一早就处理掉。

女性读者寄来的那些粉丝信被随意地放在了桌子上。起居室的桌子上堆满了各类信件，有广告信函，有手机通信费账单，还有水电气和固话费用的收据。这些信件都没有开封，就这么摆在桌上，而他也没有精力去逐一开启。

阵内慵懒地靠在沙发背上，环顾着房间。

这是用《行星轨道》的版税建起来的新房，本该和里美一起住。

阵内回想起那天早晨的事，觉得恍若昨日。他一觉醒来走下楼梯，看到里美正在厨房里收拾餐具。她已经换好了衣服，还说马上就要出门去上班。

"饿着肚子开车会精神不集中，容易出事哟。"

谁能想到，竟然一语成谶。阵内梦想着未来与里美一起过幸福的婚后生活，而如今这个梦想已如同易碎的玻璃艺术品一般被摔得粉碎。

如果里美没死，他也不会安排海乐欣死亡吧。这样一来，他就不会受到粉丝的谩骂。就算被编辑催稿，他也会与里美陶醉地享受着美满的家庭生活。此外，他还能继续在高收入个人纳税排行榜中榜上有名。

阵内在一时的情绪激动之下画死了海乐欣，这铁定会让粉丝离他而去。立花说的没错，除非让海乐欣再次登场，或者创造出一个新的角色来代替她，否则粉丝会越来越少。

阵内想起了本该这次入职的一名新助手。在海乐欣之死造成的纷乱之下，助手们都纷纷离职了。目前协助阵内进行漫画创作的只有一名姓细野的男助手，这让阵内非常辛苦，只好再招一名新人进来。

新助手似乎是某同人社团的头牌作家，是个女性，听说还是阵内龙二的狂热粉丝。阵内觉得对方是女性，应该并无大碍，但也不能保证她一定不会对海乐欣之死有意见。毕竟自己辜负了《行星轨道》几十万粉丝的期待，每天还收到他们的谩骂信。这么想来，这个新助手可能不会来了。

阵内顿时觉得愤懑，朝着桌腿狠狠地踢了一脚。桌上堆成小山的广告信函和收据随着桌子摇晃散落到了地上。这个情景似曾相识，刚刚在家庭餐厅也发生过，但这次并没有人去把它们捡起来了。

阵内缓缓地从沙发上站起身，将散落到地上的信件一封封捡了起来。

广告信函就跟刚刚分类好的男性读者的粉丝信一起扔了。

水电气和固话费用的账单还要用于记录必要开支，于是便收好了。

女性读者的粉丝信并不像男性读者的粉丝信那样说话难听，阵内不忍丢弃。可是再怎么把读者奉为上帝，她们那些过分的要求和愿望也简直不可理喻。当然，跟男粉丝的信件比起来，女粉丝的信件还是温和多了。

就在这时，阵内发现了一封特别的信。

——这封是什么？

信封是白色的，厚实而富有质感，封口处涂上了一层封蜡。信封上贴着一张由标签打印机打出来的标签纸，上面印着收件人的地址：秋花舍《周刊Internal》编辑部　阵内龙二（收）。

他想起来了，这是几周前编辑部转寄过来的，应该也是粉丝信吧。不过那段时间刚好碰上里美遭遇意外，他便没来得及去处理。那段时间阵内过得浑浑噩噩的，根本没有心思去看粉丝信。

阵内随手撕开了信封。他毫不怀疑地认为这封信一定是支持他的粉丝信，因为信寄过来的那会儿，他还没有把海乐欣画死。

阵内把信封中的纸张抽出来，若无其事地把对折成一半大小的纸张摊开了。这是一封用打印机写的信，上面印着工整的印刷字。他把信的内容浏览了一遍。

这是我第一次给您写信。

我非常喜欢您的漫画，一直都在拜读您的作品。您是我喜欢的漫画家，原本有太多话想对您说，但这次就开门见山地说正事了。

4月27日，桑原里美小姐会遭遇交通事故，请您务必提醒她，当天要多加小心。

阵内呆站了好几分钟。

4月27日正是里美去世的日子，她死于交通事故。她开车撞上了护栏，车身起火后损毁。

阵内将这封信用力地揉成一团，怒不可遏地扔向墙壁。纸团弹开，向房间角落滚去。

究竟是谁在开这么低级的玩笑？

答案不言自明。

是《行星轨道》的读者。此人是阵内，不，应该是海乐欣的偏执粉丝。这家伙不知道从哪儿听说了阵内的未婚妻死于意外，便寄出这封信来惹恼他。

"会遭遇交通事故"？什么意思？"会"字是表示推测吧。可是里美已经死了，4月27日已经成了过去。

阵内把滚到房间角落的纸团捡了起来，扔进了垃圾袋。

就跟无聊的粉丝信一起扔了吧。他想。

阵内拿起信封，正准备把它也扔进垃圾袋。然而下一秒，他就打消了这个念头。

他的目光停留在了信封上的一处地方。

信封上贴着一张平淡无奇的八十日元邮票。

让他视线凝固的地方并非邮票，而是邮戳。

阵内将信封翻了过来，背面的左下角贴有一张小标签，上面印着寄件人的地址和电话。

寄件人的名字是神崎美佐。

阵内把刚刚才扔进垃圾袋的纸团又拿了出来，小心翼翼地展开，并把纸上的褶皱压平。

要不给谁打电话吧？阵内把手机拿在手中，陷入了沉思。

给同为漫画家的朋友打？虽然关系不错，但还没到推心置腹的地步。

给里美的父母打？不太靠谱。他们还没从里美死亡的悲痛中走出来，要是再找他们商量这封诡异的信，只会徒增他们的烦恼。

给发小或是学生时代的朋友打？可最近都没跟他们见面。虽然也有几个朋友不知从什么地方听说了里美的事，匆匆忙忙地赶来参加了葬礼，但他平时就跟他们不怎么亲近，实在不方便谈论自己的私事。

给神崎美佐打？这是最后的选项。

在一番犹豫之后，阵内最终拨通了立花的电话。

自从成为漫画家以来，阵内就跟立花一起工作。正是因为他的编辑能力十分出色，《行星轨道》才能一炮而红。跟立花比起来，他的努力只是冰山一角。

几遍嘟嘟声后，听筒那边传来了立花惊讶的声音。

"您有什么事吗？"

"你现在方便吗？我有件事想找你商量。"阵内低头盯着神崎美佐寄来的那封信的信封，"我发现了一封奇怪的粉丝信，是在我画第142话之前收到的。当时的情况不同，不像现在这样会收到铺天盖地的信件。"

"信上说了什么？"

阵内把信上的文字读了一遍，立花默默地听着。

读毕，阵内问道："你觉得这是什么意思？"

"没什么意思啊，就是非常低级的恶作剧而已。阵内先生，如果您觉得这件事不能坐视不管，那就去报警吧。"

"不，如果只是普通的恶作剧，我不会给你打电话。"

"您的意思是，这并非恶作剧？"

"对，可能并非恶作剧。"

"为什么会这么认为？"

"信上写着'会遭遇交通事故',言外之意就是'接下来要遭遇交通事故'。"

"哪是什么'接下来'啊,4月27日已经过去了。"

听完立花的话,阵内像是在自言自语,喃喃地说:"我有好长一段时间没有注意到这封信,它跟其他信件一起放在桌子上,积了一层灰。其实信里所说的并不是已经过去的事。"

"此话怎讲?"

"立花啊,这封信在投递时还没到4月27日。"

"您是怎么知道的?"

"邮戳。信封上邮戳的日期是4月25日。"

立花沉默了一会儿后,开口说:"您等等,我先放下手上的事……那封信是什么样子的?"

"信封是白色的西式风格,看起来很有质感。信纸也跟信封一样,用的是同一种纸。信封非常干净,我觉得不像被做过手脚。信封正面还贴有标签,标签上印着编辑部的地址。信封被仔细地糊好之后,用封蜡封了口,贴的也是八十日元的普通邮票。邮票上的邮戳看起来也不像是伪造的。"

"让我想想……最近信件的数量实在太多了,我没什么印象。"

"你怎么认为呢?"

"没什么想法啊……总之就是低级的恶作剧,这才是最符合常理的解释。邮戳也是可以做手脚的。"

"怎么做？"

"我现在一时半会儿想不出来，不过邮戳上的日期应该可以改吧。"

"你这算是哪门子解释。如果非要说这是做过手脚的，那就告诉我这封信是怎么伪造出来的。"

"请给我些时间，我会思考的。"

阵内叹了口气，说："立花。"

"怎么了？"

阵内还有些许犹豫要不要把自己的所想告诉立花。

"我打算联系一下神崎美佐这个女的。"

"什么？她是谁？"

"给我寄这封信的人。信封上写有她的电话和地址。"

阵内已经急不暇择，迫切想寻求答案。最早交往的女生已不在人世，现在连未婚妻里美也死了，交往过的女性接连死去，他真希望有人能告诉他，这究竟是怎么回事。

阵内想，若是跟这封信的寄件人见面谈谈，或许能知道些什么。

"会不会有危险呢？比方说对方是您的狂热粉丝，非常想见您，便设下圈套骗您过去。"

阵内冷笑道："那正合我意。"

"好吧，那您请便。不过请您千万不要再把稿子弄丢了。"

"没问题。作品名已经确定好了，只要唰唰唰地把人物画好，就可以把背景和其他的内容交给助手来处理。虽然目前只有细野一个人，但马上会有一个新来的，你就不用担心了。"

"唰唰唰地把人物画好？"

"对啊，有什么问题吗？"

"没什么……"

立花最近跟阵内有些疏远了，说话都客客气气的。不过阵内比谁都清楚，变了的不是立花，而是自己。

在里美出事后，阵内的工作便变得一团糟，这让立花非常担忧。把海乐欣画死时也是这样。老实说，阵内已经难以判断当初的选择是否正确。

不管了……

总会有办法腾出时间的。以前，无论有多忙，他还是会自己来画人物。不过，从现在开始他准备只画头像，身体和四肢就交给助手来画。不，细野能完美地模仿阵内的画风，把头像交给他来画应该也没什么问题。

如此一来，时间就很充裕了。那么第二部就叫《浪迹宇宙篇》，剧情方面则是讲述柴姆因海乐欣之死感到绝望，而浪迹于宇宙之中。这样的话，背景基本可以填充成黑色。要是不需要花时间去处理背景的话，就可以让助手多腾出时间去负责人物的作画。不过，这么做的后果是，可能会有人批判作品风格发生了变化。

——管他呢。

阵内将萦绕在心头的伤感一扫而空，拨通了神崎美佐的电话。

*

三桥最早是在秋叶原的书店邂逅了海乐欣的抱枕。

他每周都会抽一天时间来到这栋深灰色的大楼。一楼有各式店铺林立，通道如迷宫一样错综复杂。这里有卖家电的店铺，有卖车载导航和音响的汽车用品专卖店，有卖晶体管和电阻器的零件店，甚至还有卖遥控汽车、飞机模型的店，不胜枚举。

三桥看都不看这些店铺一眼，径直去往二楼。他常去的书店店面非常宽敞，是一楼那些零零散散的小店无法比拟的。

书店的客人都是十几二十岁的年轻男性。店里贩卖的除了动漫相关的书籍和杂志外，全都是漫画书。虽然基本上算是旧书店，但并没有那些昭和初期[1]出版的几百万日元也拿不下来的

1　昭和初期：通常是指昭和天皇即位至太平洋战争爆发前的这段时间，即1926 年末至 1941 年末。

珍本，况且三桥对古早漫画也完全没兴趣。《行星轨道》作为畅销书，在哪家书店都买得到。

三桥来这家书店的原因，除了种类齐全的漫画书外，更重要的是，这里有动漫周边和海报，还有丰富的同人志[1]。当然，三桥对原创同人志没兴趣。他想淘的是根据现有的商业作品进行改编的同人志。阅读这些作品的快乐是阅读原著时体会不到的。

三桥步伐轻快地走向专柜。这时，另一边的海乐欣突然映入眼帘。

那边是动漫周边商品的专柜。《行星轨道》是目前最具人气的漫画，周边商品的专柜也都是清一色的《行星轨道》相关周边。

玻璃柜中展示着《行星轨道》的各类周边商品。那个抱枕在各式各样的手办和电话卡[2]中尤为耀眼夺目。

柔软的抱枕上印着原尺寸的海乐欣。三桥想紧贴着她的笑脸，想把头埋进那丰满的胸前，想永远紧抱着她。然而，当他看到抱枕上的标签时，一股绝望感席卷而来。

1　同人志：亦称同人杂志，指志同道合、意趣相投的人组成一个小群体后，以发表各自的作品为目的而编辑并发行的杂志。

2　电话卡的正面印有各种图案，有些图案设计精美，具有很强的艺术性和欣赏性。另外，发行量少的磁卡还能进行高价交易。因此，珍稀的电话卡就跟邮票一样具有很高的收藏价值。

成品手办就算尺寸再小，一万日元也拿不下来。珍品电话卡卖个两三万日元也并不稀奇。然而，这些对三桥来讲不值一提。无论是十万日元还是二十万日元，贷款或是借钱就能搞定。没错，钱能解决的问题都不是问题。

但抱枕的标签上写的并非价格，而是这么一句话：非卖品，谢绝销售。

有一瞬间，三桥的脑海里浮现出了想跟店家交涉的念头。但他转念一想，肯定不断有顾客跟自己一样想要买下这个抱枕，店家这才特地在标签上写下了这么一句话。况且，他这种社恐是无法跟素昧平生的人进行交涉的，即便他是甲方也做不到。

他能做的，只是恋恋不舍地凝视着玻璃柜里的原尺寸海乐欣。

三桥第二次遇到海乐欣的抱枕，是在网络拍卖平台上。

拍卖平台上有数量庞大的参展商品，价格从几百日元到几十万日元不等，任何人都能参展和竞拍。

屏幕上展示着成千上万的展品，只要输入名字，就能立刻检索出带有关键字的商品。三桥热衷于输入以下两段文字："行星轨道""海乐欣"。

海乐欣是人气漫画中的人气角色，因此会有几百条搜索结果。从中淘出自己喜欢的商品也是一件乐事。

对人气商品而言，买家就算以最高的价格竞拍，不一会儿就会收到一封题为"最高价更新"的邮件，内容是"下列商品有人出了更高的价格"。因此，不到拍卖结束都不能松懈大意。除了能买到非卖品周边和停止销售的稀有商品外，最享受的莫过于体验拍卖的乐趣了。

有一天，三桥死死地盯着刚刚发现的商品。

这是《行星轨道》海乐欣的一个特制抱枕，是分发给书店和动漫商店进行促销用的周边。当然，这原本是非卖品。看来卖家是在书店工作，所以能入手。

当前价格是四万日元。

三桥用颤抖的指尖敲打着键盘，输入了密码和竞拍价格——四万五千日元。屏幕上跳出了该拍卖网站的使用条款。这是类似于合同条款的文字，三桥已经司空见惯。他点击了页面最下方"同意以上条款并竞拍"的按钮。

然后，屏幕显示"有人出了更高的价格"。

当前的竞拍人输入了高于四万五千日元的金额。三桥无法确定对方出的价格究竟是多少，只能继续提高竞拍金额才能将海乐欣的抱枕收入囊中。

当前的价格是四万六千日元。

三桥点击了"追加金额继续竞拍"的按钮，但屏幕上又显示"有人出了更高的价格"。

三桥再次点击"追加金额继续竞拍"的按钮。

"有人出了更高的价格"。

再次点击按钮。

"有人出了更高的价格"。

再次点击。

"有人出了更高的价格"。

点击。

"有人出了更高的价格"。

点击。

"有人出了更高的价格"。

点击。

"有人出了更高的价格"。

点击……

到底要重复多少次啊?

当前的价格已经加到六万九千日元。

三桥没有点击"追加金额继续竞拍",而是按下了旁边的
"重新输入金额竞拍"按钮,屏幕回到了之前输入金额的画面。
他决定一口气输入高价金额来竞拍,以求速战速决。

左思右想,他决定出价十万日元。这个价格刚好凑了整,
而且再怎么狂热的海乐欣粉丝,能够一口气给出这么高的竞拍
价格的也只有他了。与普通的拍卖不同,就算出价十万日元,

也并不意味着就一定是当前的价格。只要不是最高出价人，那显示在他面前的当前价格就会比他之前出的最高金额多一千日元。

如此一来，三桥便能愉快地成为"最高出价人"了。

他输入金额，将光标移动到竞拍按钮，按下了鼠标。他毫不怀疑，海乐欣抱枕马上就是他的了。

然而……

"有人出了更高的价格"。

当前的价格是十万一千日元。

三桥在电脑前发了好一会儿呆。对方究竟是何许人？

他点击了"当前竞拍人"的名字。

此人名为z_fan。意思是"阵内粉丝"吗？竞拍网站会留下该用户成功拍下的商品名目，所以立刻就能得知该用户的兴趣及偏好。

从z_fan之前竞拍下来的商品来看，此人是名副其实的"阵内粉丝"：初版签名本，三万日元；限定版电话卡三张套组，五万日元；《行星轨道》海外版发售纪念海报，两万日元；非卖品挂毯，两万五千日元；回馈读者的专门T恤，七千日元……

正所谓事不过三。

在《周刊Internal》杂志的封面上，印在抱枕上的海乐欣正对着三桥微笑。

三桥看到读者回馈的那页有这个奖品，兴奋了一整天。他把那一页从头到尾仔细地看了一遍：给一名读者送上礼物。名额只有一个。

三桥把报名事项反复看了几十遍：请把本页的报名券贴在正规的明信片上并邮寄给我们。所谓的报名券就印在书页角落里，是块边长约2.5厘米的小小的正方形版块。

每本《周刊Internal》杂志只有一张报名券。只寄一张明信片实在靠不住，三桥想多寄几张，但报名券只有一张。

他最开始想过复制报名券，但考虑到纸张材质等因素，要想复制得一模一样是不可能的。他并不清楚编辑部的人会如何严密地检查明信片，但要是出了纰漏而无法得到海乐欣抱枕，那就事与愿违了。

三桥把附近的书店、便利店和最近车站里的小卖部都逛了个遍，把能买到的《周刊Internal》全买了。他怀着对海乐欣的思恋，一张一张地在买来的大量正规明信片上都贴上了报名券。

三桥从当天傍晚一直贴到了第二天早上，然后把写完的一百多张明信片塞到包里，来到了附近的邮局。他一边祈祷，一边将明信片一张一张地投入了邮筒。

——我们不会公布中选者，而是直接给中选者寄送奖品。

抽选结果在两个月后揭晓。

三桥收到了一个包裹，大小跟他的身高差不多。他激动万分，心脏就跟急槌打鼓似的怦怦直跳。他将包裹搬到屋里，控制着焦虑的心情，双手颤抖着将包裹打开。

终于，当海乐欣那静谧的微笑出现在三桥眼前时，他欣喜若狂。

他抱着海乐欣抱枕，用脸蹭着海乐欣，体验着那柔软的触感。他轻轻地吻了一下海乐欣，而她也回以温柔的微笑。

"我爱你，我爱你，我爱你……"

三桥在海乐欣的耳畔低声细语着。

三桥从好几十万人中脱颖而出。他原本也是在喜爱《行星轨道》的读者中排行第一的存在。三桥确信自己是与众不同的，光用"幸运"这种平凡的词语是绝对无法表达的。

可是，这份幸福也到此为止了。

海乐欣死了。

三桥用力环抱着海乐欣抱枕。海乐欣一如既往地微笑着。

第一次抱着这个抱枕睡觉的那晚，三桥时隔七年梦遗了。他隐隐约约记得梦中的海乐欣张开着双腿，还记得抱枕正压在自己身上。三桥醒来后，确认抱枕没被弄脏，松了一口气。

三桥回想起那甜美的一晚，便感觉下身紧紧的。他一边紧贴着抱枕，一边打开桌子最下层的抽屉。抽屉里层层叠叠地塞满了同人志，其内容自然都是与《行星轨道》相关的。

三桥拿出一本他比较喜欢的同人志。这本的实用性最高，所以三桥把它放在了最上面。翻开同人志，海乐欣展现出了与《周刊Internal》或是《行星轨道》上截然不同的模样。

这篇同人志的作者是高桥龙一。名字虽然普普通通，但肯定是笔名。这个男人一直死守着《行星轨道》同人志圈子里的第一宝座。三桥收集了他所有的同人志作品。每当在漫展上有新作品发售，他一早就会去排队购买，还在网络拍卖平台上以高出原价好几倍的价格竞拍到了高桥龙一早期的作品。

高桥龙一能准确地模仿出阵内龙二的画风，其技术无人能及。他的作品质量实在是太高了，可以毫不夸张地说，就跟阵内龙二所画的海乐欣毫厘不差。于是在粉丝之间便有传言认为这是阵内龙二的"马甲"，而且越传越真。在发烧友中，关于高桥龙一的真实身份，各种各样的说法满天飞，但三桥对此并不感兴趣。他感兴趣的只有海乐欣。

三桥翻开同人志，一边紧抱着抱枕，一边陶醉。突然，一阵手机的来电音打断了他的心荡神驰。他咂了咂舌，从背包中掏出手机。

屏幕上显示的名字是千夏。这女的跟海乐欣可谓天壤之别。三桥没有管来电音，专心致志地继续自己的动作。

直至全身上下都疲倦无力，三桥就这样继续抱着抱枕。他哭了。柴姆和海乐欣的关系不会再有进一步的发展了。阵内龙二，你去死吧！去死吧！

来电音终于停下了。

三桥出门去打工。他家距离打工的超市有步行约五分钟的路程。步行十分钟以内能到的地方，他都决定走过去，以弥补平时的运动量不足。

他家门前的道路没有用柏油铺修，是一条长约五十米的碎石子路。镇子里只有这条路没有用柏油铺修，至于为什么迟迟都不铺修，具体也不太清楚，但估计是土地的名义问题。听说目前的纠纷在于这条路是私人道路还是市政道路，但不管怎样，这都给周围的居民带来了不便。

在前往超市的途中，三桥路过了一家家电公司的员工宿舍。他轻轻咂了咂舌。只见在宿舍的停车场里，一群家庭主妇正在七嘴八舌地闲话家常，孩子们则在一旁嬉戏玩闹。至于嬉闹的方式，其实是一群小鬼头骑着自行车到处乱窜，用跳绳代替鞭子上演着暴力演出。

三桥别无选择地从旁边经过，突然从他背后传来了小鬼头的声音。

"我要开枪了。"

看来他们还拿着枪。三桥并没有理会，而是继续往前走。

毕竟是小孩的玩具，家长应该也不会给他们买能够发射子弹的枪。然而，他的想法太乐观了。

背上突然一阵疼痛，是被塑料的BB弹打中了。而且不止一次，是被打中了两三次。

三桥在读小学那会儿常常被人欺负，经常被班上的孩子王用橡皮筋弹弓对着打。所谓的橡皮筋弹弓，是将右手的食指和拇指比画成手枪的形状，然后再将橡皮筋巧妙地绷紧在两根手指之间。只要拇指一动，橡皮筋就会朝着食指的方向发射出去。孩子王和他的跟班们毫不客气地用右手打出了好几十发橡皮筋子弹。子弹打中了三桥的脸、腹部、胸部和四肢。这段经历成了三桥的心理阴影。

小鬼头们无心的攻击唤起了三桥儿时的噩梦：可恶的小鬼头，让你们瞧瞧惹怒我会有什么后果！

"哎呀，孝弘，这可不行呀。"

然而，三桥刚刚下定的决心却在一个主妇的话语声中烟消云散了。

"我跟你说过不可以朝人打。你看，那个小哥哥都生气了。"

三桥虽然气得浑身发抖，但还是没出息地走了，连头都没回。可恶的小鬼头和主妇让他怒火冲天，但他又不敢反抗比自己年长的人。三桥已经受够了，他想改变自己。这群家伙最好跟阵内龙二一起死了算了。

神崎美佐住在横滨市鹤见区。阵内对此地并不太熟。一谈到鹤见，他脑海中最先想起的便是位于曹洞宗[1]大本山[2]——总持寺的石原裕次郎[3]之墓了。

阵内来到了站前广场。这里是一条商业街，人群熙熙攘攘的，好不热闹。街上有露天咖啡厅、折扣店，还有一家小电影院。电影院的外墙是混凝土结构，颜色灰暗，表面还有裂纹，营造出了一种复古的风格。放映厅似乎位于地下，由入口处一段狭长的楼梯往下走便能抵达。入口附近设有一个立式招牌，上面有目前正在上映的电影场次。阵内不禁停住了脚步。

今天刚好有某位英国印裔导演的处女作和第二部作品连场放映。阵内是这位导演的忠实粉丝。他导演的作品与好莱坞那些过于刺激的爆米花电影大相径庭，虽只是将电影角色那些平

---

1 曹洞宗：中国禅宗的五个流派之一，为洞山良价及其弟子曹山本寂开创。公元 13 世纪初，日本的道元禅师入宋，在天童山的如净禅师门下习法，得曹洞宗旨，归国后创立日本曹洞宗，后由莹山绍瑾建立总持寺，并将曹洞宗发扬光大。在日本，曹洞宗与临济宗一并成为日本禅宗的两大流派。

2 大本山：指佛教宗派的传法中心寺院，也称本寺或祖山。

3 石原裕次郎（1934—1987）：日本著名演员、歌手，主要作品有电影《疯狂的果实》等，1987 年病逝于庆应义塾大学医院。

淡无奇的日常生活娓娓道来，却不遗余力地描绘了角色的精神世界，给整个故事覆上了一层神秘的色彩。他收获了很多疯狂的粉丝，阵内自然也是其中之一。

这家电影院目前正在上映的两部作品，阵内都已经在DVD上看过好几遍了，剧情基本都知道。但在电影院的银幕上观影，其音效和临场感是在家里观影所无法比拟的。

此外，制作再精良的DVD若是没有与之相称的影音系统，观感也会大打折扣。阵内在家里购置的影音系统总价超过了一百万日元，虽然配置已经很高级了，但在欣赏喜欢的作品时那种充实的感觉还是远不及电影院。

阵内喜欢电影院里的空间。他喜欢跟其他人共同欣赏同一部电影。邻座的中年男性、前排的少女、后排带着孩子的主妇——与素昧平生的人在同一块银幕前一起欢笑，一起紧张，一起落泪，令人感到痛快。

阵内依依不舍地注视着招牌。观看两部连场放映的电影会浪费四个小时，况且今天也是挤出了空闲时间才来的鹤见，应该尽量避免做计划之外的事。虽然看一部电影只要两个小时，但看完一部之后肯定会想看另一部的。

阵内从外套的内层口袋里掏出一个笔记本，其封面是皮质的，纸张上印有横格线，款式非常简单。他也用过电子记事本和专用的备忘本，但五花八门的功能让他很是头疼，到头来还是没能熟练使用。如果只是做笔记，这种简单的笔记本最合适不过。

笔记本跟中性笔是一套的，阵内外出时都随身携带，毕竟漫画的点子可能随时从天而降。

阵内记下了电影院的名字和电影上映时间，然后离开了这里。漫步在这条不熟悉的街道上，他脑海中回想起昨天跟神崎的谈话。

"4月27日，桑原里美小姐会遭遇交通事故，请您务必提醒她，当天要多加小心。"

阵内活了这么久，还从没见过哪个人会寄出如此离谱的信。该跟对方谈些什么好呢？不过，阵内还是多虑了，听筒里传来的声音彬彬有礼，是个普通的成年人。

神崎说："这件事太复杂了，在电话里说不清楚。"

阵内便约好跟神崎见面。她说她待业在家，随时都有空。不过阵内也算是人气漫画家，并不能随心所欲地安排时间。今天正好把《行星轨道》第143话的勾线都完成了，是个为数不多的可以和人见面的日子。

第143话采用了后日谈的形式，紧接在142话后，描绘了海乐欣遭遇意外之后的故事。

海乐欣之死让柴姆再度失去了细腻的感情。前来吊唁的同伴参加了海乐欣的小规模葬礼。大家为海乐欣献上了花束，花束飘荡并消逝在宇宙里。这一切的景象是那么感伤，却又不免落入俗套。阵内考虑再三，觉得若是让漫画中的角色沉痛悼念海乐欣，就能稍微安抚一下海乐欣的狂热粉丝了。

然后，阵内又插入了一幕，让读者猜想海乐欣之死可能并非意外。通过检查海乐欣所驾驶的战斗机的残片，发现有一部分零件被人故意损坏了。这个"新发现"是阵内一时兴起而随意编出来的，但有总比没有好。不管怎样，故事情节可以由此展开。若是加上悬疑元素，让柴姆去追踪杀害海乐欣的凶手，便能丰富稿子的内容，最重要的是能让故事情节走向高潮。

必须让这群任性的读者早日明白，海乐欣之死对于整个故事来说是必要的。

阵内摸了摸外套的内层口袋，摸到了笔记本和中性笔。这东西在关键时刻也能当作护身用的武器。

从车站步行二十分钟左右便是一栋公寓，神崎就住在其中一间。神崎告诉过他，房间是二楼走廊最靠里的那间。

在前往神崎房间的途中，阵内在楼梯间的平台处撞到了一个从楼上下来的男人。此人头发蓬乱、胡子拉碴，给人的印象邋里邋遢的。他身穿白色训练衣和蓝色运动裤，身体微胖，拖着右脚走路。

阵内赶紧低头道歉，可对方却把他当成空气一般，继续往下走。

那人握着扶手下楼，似乎在掩饰右脚行动的不便。有一瞬间，阵内想去搭把手，但转念一想，此人如此冷淡，就算去帮助他，他也会觉得是多管闲事而断然拒绝，于是便打消了念头。

阵内没有走错路，很快就找到了神崎的房间。

他来到了房门前。对于是否要按下对讲机，他还有些犹豫不决。虽说是为了里美的事，但为什么自己非要来见这个身份不明的读者呢？阵内开始打退堂鼓。

犹豫归犹豫，手指却不听使唤地按下了对讲机。房门内响起了门铃的声音，不久门就被打开了。

一位中年妇女正在对他鞠躬致意。她一头短发，穿着打扮朴素而清爽。她与电话里给人的印象一样，看起来并不会寄送那么离谱的信。

不过，阵内总觉得以前在哪儿见过她。

阵内被领到了一间日式房间里，屋内只有柜子、佛龛和桌子，布局非常简单。房间里到处都打扫得干干净净，一尘不染。阳光从窗外洒进来，把房间照得透亮，就连佛龛也不会让人觉得阴沉。神崎很快端来了绿茶和点心。阵内礼节性地表示感谢之后，注意到她手里正拿着一本小册子。

神崎把小册子放在地上，面对阵内坐了下来。

"您是一个人住吗？"

"是的，"神崎点了点头，"以前是跟丈夫和女儿一起住，不过出于各种原因，最后跟他离婚了。"

"您女儿结婚了吗？"

她摇了摇头，回答道："她死了。"

阵内不禁看了眼佛龛。

"抱歉。"

"没事，都是很多年以前的事了。"

"那……关于这封信……"

阵内从口袋里小心翼翼地掏出了神崎寄给自己的那封信，信上的褶皱已经事先被仔细地压平。

"不好意思，我实在想不到其他的办法。"

"这是怎么回事？为什么邮戳的日期是4月25日？为什么……"

阵内有太多话想说，一时都不知道从何说起了。

"阵内先生。"

神崎看着阵内，神色之中透露着些许强硬。阵内被这架势给镇住了。

"虽然这么说您可能不会相信，但其实我是知道的。"

"知道什么？"

神崎稍微把脸凑近了些，说："人的死亡。"

气氛凝滞了。阵内觉得她的身影仿佛在摇曳。

"您的意思是，您预知到我的未婚妻会死，所以才写下了这封信？"

"没错。"

"太荒唐了。"阵内情不自禁地嘀咕道。

然而，神崎却对心神不宁的阵内的话无动于衷。

"大家都是这种反应，所以我一直在隐藏我的能力，悄悄地生活着。可是以前并不是这样的。"

说完，她便把小册子交给了阵内。

阵内打开小册子。这是一本剪贴簿，里面贴着已经褪色的新闻剪报。整本册子里只有相关的报道被剪了下来，形式简单，既不知道报纸的名字，也不知道发行日期。剪报已经泛黄，看来有些年月了。

民宅遭遇强盗，一家三口死亡

今早，位于东京都港区的大沼家里，大沼研二（42岁）和其妻子大沼好子（39岁）、女儿大沼洋子（13岁）被附近来访的邻居发现瘫倒在地。一家三口被发现时已经死亡，身体上有被刀具刺伤的痕迹，死因为失血性休克。家里被人翻得乱七八糟，警方推测很有可能是入室抢劫。案情还在进一步侦查中。

海边再发溺水事故

神奈川县茅之崎市海岸，高中生高洼亚纪（17岁）溺水身亡。据悉，高洼是跟高中的朋友一起来泡海水浴的。今年夏天在海边溺亡的人数（包含本次事故在内）已攀升至22人。

预知能力真的存在？

目前，街头巷尾流传着新的都市传说：有一名年轻的女性具有预知能力，她准确预言了杀人事件和意外死亡事件。

几个月前，东京都港区发生了一起强盗入室抢劫的惨痛事件，一家三口惨遭杀害。本社从某个渠道得到了消息，称有人竟然预言了该起案件。

据悉，距离案发地最近的警署接到了一名年轻女性的报警，称当晚某处民宅会有强盗入侵，全家会惨遭杀害。

警方对该起报警并未给予足够的重视，认为这是经常出现的低级恶作剧。该名女性声称自己能看到未来，但这番话自然无人相信。

据相关人士透露，这通报警之所以被警方视为恶作剧，是因为报警者声称自己具有预知能力，更重要的是打电话来的女人语调十分稚嫩。

可是案件却真的发生了。那通电话有可能是真凶在预告自己的犯罪行为。警方相关人士明明已经知道了犯罪行为却并未采取任何对策，看来必定会受到处分。

不过，与预知能力相关的事件并非只有这一起。

前段时间，茅之崎市的海岸发生了一起女高中生溺亡的意外事件。这起意外并没有任何疑点，每年夏天都会发生这种溺水事故。

然而，有一通报警电话预言了该起意外。茅之崎警署接到了这通电话，被告知要谨防有人在海边溺水。对方仍旧是女性，声音的语气和音调也跟港区那起事件的报警者一致。

这通电话甚至还指出了溺水女性的名字。事实上，当天傍晚的确有一具同名同姓的溺水女尸浮到了岸边。据相关人士透露，这件事让他们不禁后背发凉。

本社调查了海边溺亡女性的人际关系，很快就找到了那位打报警电话的自称有预知能力的女人。她与死者是高中同学。

当时，她原本也打算一起去泡海水浴。她在预知到朋友会溺死后，强烈地劝说众人取消海水浴的行程，但他们并没有听进去。据说她还因此跟那群朋友闹翻了。于是，除她之外的其他人都按照原定的计划去泡了海水浴。结果确实如她所预言，有一个人溺死了。

本社成功与此人取得了联系。她欣然接受了我们的采访，但条件是必须匿名。

——请问您现在心情如何？

"非常难过。大家都在传是我害她溺死的。"

——周围人知道您有预知能力吗?

"这还是我头一回说出预知能力的事。不过, 现在大家都知道我是个怪女人了。她是我重要的朋友, 当我预知到她的死亡后, 便不顾一切地想要救她, 无论如何都得阻止她去泡海水浴。我采取了我能想到的所有手段, 但没能成功。我牺牲了与周围人建立的信赖关系, 也包括她在内。结果, 到头来我也没能救到她。"

——结果确实如您所预言的那样。

"是的……我在这个镇子已经待不下去了。"

——您是什么时候察觉到您有预知能力的呢?

"从记事时就知道了。我一直以为大家都能预知人的死亡, 这个能力是人人都具备的。可是我错了。每当我说出预言的内容, 父母都苦口婆心地教导我, 让我别说这么不吉利的话。于是我便逐渐认识到, 这个特殊的能力只有我拥有。"

——您是如何预知到其他人的死亡的呢?

"我的脑海中会浮现出相关的画面。这对周围的人来说是一瞬间的事, 可对我来说出现画面的时间就很长, 跟放电影似的。头脑中浮现的画面就像讲故事一样, 记录了此人到死亡为止的经过, 还会记录跟此人死亡相关的其他人的行为, 甚至还包括他们的名字和内心世界。"

——跟此人死亡相关的其他人是指？

"跟此人的死亡有强烈关联的人。比如杀人事件，相关的人就是凶手或是抱有强烈杀心的人。不过，如果被害人没有察觉到杀心，我就无法预知。如果被害人以前就认识凶手，并且也察觉到了杀心，我甚至还能知道凶手是如何产生杀人念头的。但如果被害人没有察觉到有人对他起了杀心，或是遭遇到了无差别杀人，那我就无法预知凶手。"

——几个月前，港区一家三口惨遭杀害的那起案件，您当时也报了警吧？

"没错。那家人是被强盗杀的。凶手自然不认识那家人，所以我也就无从得知这名男性强盗实施犯罪的经过。不过，那是我第一次给警察打电话，我也知道他们不会信我。被害人是我初中时的学妹，我尝试着去救她，但还是没成功。"

——为什么只有您获得了这个能力呢？

"我也不清楚。会不会是老天爷随机授予的呢？"

最后，她向本社预言了一起死亡事件。

"前段时间，我在街上偶然遇到了几个毕业于同一所高中的学长，有人已经在上班，也有人在读大学。我预知到其中一名男生的死亡。那天是周末，他骑着一辆轻型摩托车。这是他上高中时用打工挣来的钱买的，他已经骑了很多年，正在考虑买一辆新的。那天他准备直行穿过十字路口，同时正思考着今年给他女朋友买什么礼物。这时，右边来了一辆卡车，司机是一名中年男性。卡车要左转，正好摩托车也开了过来。如果双方都留意一下，一定就能避免事故发生了吧。可是，一时的大意就是致命的。摩托车撞上了卡车。由于撞击产生的反作用力，他被卷到了卡车的前轮下。以上就是死亡的基本过程。您想知道更早时候的事？不过，仅仅一次采访的时间不足以让我把预知到的景象全部说出来。"

在写下这篇文章的当下，我们还不清楚她的"预言"是否会成为事实。

大学生被卡车碾轧致死

神奈川县海老名市的一处十字路口，一辆摩托车与一辆卡车相撞，驾驶摩托车的大学生佐藤正树（21岁）死亡。警方以业务过失致死的嫌疑逮捕了卡车司机长岛明人（39岁），详细情况本报会继续追踪报道。

读到这里，阵内抬起头，注视着神崎。在两人四目相对时，她不经意地避开了阵内的目光。

阵内翻看着剪贴簿，通篇都是常见案件或事故的报道。乍看之下，都是一些毫无关联的案件。但是，每篇报道都有人死亡。

在阵内所读的四篇报道的剪报中，第一篇、第二篇和第四篇是从报纸上剪下来的，只有第三篇的风格有些不同。

"第三篇文章不是报纸上的吧？"

"对。"神崎点了点头，"是一本特别的超自然杂志，主要面向的就是那方面的发烧友。采访我的那期是预知能力特辑，之后他们还做了一期UFO特辑。您能想象这是一本什么样的杂志吧。我还从未接受过杂志的采访，从小到大仅此一次。到现在我也不知道当初为什么会接受采访，估计是因为当时头脑一片混乱，已经自暴自弃了。在杂志发售那会儿，我们全家已经搬离了那个住惯了的镇子。父母虽然都在关心我，但我总觉得他们打心底里就认为女儿是个怪胎。这个想法始终萦绕在我的心头。在步入社会后，我便立刻离开父母身边，开始了独居生活。"

"从那时起，您就一直把预知到的案件和事故的报道剪下来贴在这个本子上？"

"是的。对于死者我无能为力，能做的也只有这些了。不过收集得并不全，毕竟有些报道我没看到。而对于空难或是高速路上的车祸，死伤者实在太多，我没办法一一关注。这太可怕了，我只能窝在被子里哭泣。"

"那里美的报道呢？"阵内情不自禁地喃喃说道。

神崎点了点头："我确实把您未婚妻意外去世的相关报道剪切并贴上去了。"

阵内一言不发地合上了剪贴簿。

虽然神崎展示了相关案件的报道，但阵内对她的预知能力还是将信将疑。

"就当您说的是真的吧，既然如此，为什么不继续隐瞒下去呢？为什么要说出来，搞得就像在炫耀似的。"

"我抑制不住这种冲动。我在新闻里看到桑原里美小姐的事故了，这终归还是无法避免的啊。"

"终归？"

神崎颔首说道："之前我一直都试图拯救被预知到死亡的人，给他们发出警告，比如不要去那条高速路，别乘坐那架飞机，那天要一直待在家。但他们并未听从我的警告，最后都死了。那个朋友也是如此，去泡海水浴却溺水身亡。镇子里立刻就开始流传我能预知其他人的死亡。大家都对我恶言相向，认为我脑子不太正常。流言以讹传讹，最后演变成是我杀了我的那个朋友。我努力尝试不去使用这个能力，却怎么也无法抵抗自己的意志。每日每夜，我的脑海中都会涌现出人死前的画面。我能感受到他们的疼痛，能体会到他们的苦楚，能听到他们的叫喊。"

里美……

里美那烧焦的遗体，空气中弥漫的焦炭味和一股股的热气，以及失声痛哭的自己……这一切都历历在目。海乐欣死时柴姆的失声痛哭，毫无疑问正是阵内的真实写照。

在漫画里，海乐欣的遗体无法回收。要把那么凄惨的遗体画出来，阵内简直想都不敢想。

无论怎么努力地不去回想，那个画面还是在脑海里挥之不去。当时的情景，阵内觉得自己终生都无法忘怀。

"不过，我并没有把这件事告诉周围人。过去的经历已经告诉我，这是行不通的。我把预知到的内容独自藏在心里，之后便在报纸或电视新闻上确认预言是否准确。"

"现在您也感受到有人死了吗？"

"没有。"神崎摇了摇头，"我现在状态不错，肯定是因为只有我和您两个人。"

"此话怎讲？"

"如果您死期将至，那我立刻就能感觉到。但我现在什么都感受不到，所以您目前还不会死。"

"但是人固有一死，就算不是因为意外或疾病，只要命数将至，便无法躲过。既然您能预知我未婚妻的死亡，那为什么不知道我会活到多少岁呢？"

出于戒备，阵内提出了这个问题。他要不断挑毛病，不断向她提问，说不定就能让她露出马脚。神崎给人的第一印象再怎么好，她也是一个自称有预知能力的可疑人士。

"我的能力并不能看到那么遥远的未来，最多五天。"

"如果我明天就会死，那您立刻就能知道吗？"

神崎严肃地点了点头。

"可您却预知到了桑原里美的死亡，而且连死亡日期、死于交通事故都知道。"

"是的。"神崎惭愧地低下头，仿佛是自己害死了里美。

"为什么？您又没跟里美见过面。"

"我是通过您知道的。"

"通过我？"

神崎直勾勾地盯着阵内："您不记得我了吗？"

这句话……

记忆模糊了，神崎的身影在摇曳。

果然……

阵内想起方才在玄关第一次见到她的情景。当时他就觉得以前在哪儿见过她，却又想不起来是在何时何地。

"在一场签售会上。"

"什么？"

"我参加了您的签售会，就是上个月在新宿的那场。"

哦……

老实说，这让阵内有些扫兴。

神崎那故弄玄虚的话语和气氛，让阵内一度觉得她是曾经认识的人。看来是他胡思乱想了。

上个月，为了纪念《行星轨道》最新单行本的发售，阵内在新宿的书店举办了一场签售会。那时，里美和海乐欣都还活着，粉丝们都很温柔。仅仅一个月前的事，阵内却觉得仿佛已经过了好几十年。

"原来是这样啊。抱歉了，我没办法一一记住来过签售会的人。话说，您一直在看我的书吗？"

"像我这样的老阿姨是您的粉丝，这给您添麻烦了吧。"

"没有，怎么会呢。我很感激您的支持。"

"您能跟我来一下吗？"

说完，她便站了起来，拉开了隔扇门。

阵内在神崎的带领下走进了对面的房间。

这是……

阵内目瞪口呆。

钢制的书架占据着一整面墙，其中一层摆放着《行星轨道》全集，另外一层放着阵内出道时所画作品的短篇集以及《行星轨道》相关的书，剩下的地方则全都是《周刊Internal》。阵内的第一感觉就是这些《周刊Internal》上都登载了《行星轨道》。

钢制书架每层宽度足够放前后两排书，前面都摆着阵内的漫画书，并不清楚后排放的是什么。

四面墙壁都挂着精心装裱过的《行星轨道》海报。立在书架旁的是一个用于促销活动的抱枕。明明是非卖品,神崎是从哪儿入手的?

"我是您的粉丝,"神崎说,"所以才去了签售会。我把刊登了您的杂志和报纸的相关页面都剪下来保存了。"

她都这么说了,估计就是真的了。阵内心里隐约生出一点担忧。莫非神崎是为了把他叫到她家去,才寄出了这封信?然后她会把他监禁在屋子里,如是说道:"快给我画《行星轨道》!快给我把死去的海乐欣复活!"

这情景简直就跟斯蒂芬·金的某部著名长篇小说中提及的妄想症一样。

书架旁边的书桌上有一台电脑。

"这台电脑是用来做什么的?"

"哦,这个呀……我原本觉得这东西对于我这种上了年纪的人是多余的,结果试着用了用,发现在网上收集您的作品还挺方便。"

阵内恍然大悟。

"您是指网络拍卖吗?"

"没错。您非常清楚嘛。"

"最近这玩意儿很流行,我也有很多朋友在用。"

"嗯，网络拍卖相当有意思。最开始我还觉得难以上手，但习惯了后还是挺简单的。"

"网上真的有我的漫画的相关商品在拍卖吗？"

"有，好几百件呢。您是人气作家，拍卖时间快截止时，价格会不断上涨。有些我非常喜欢的商品，能顺利竞拍到手就还好，但有时一不留神价格就已经涨了好几万日元，花了我不少钱呢。我在网络拍卖时用的网名叫'z_fan'，意思是'阵内作品的忠实读者'。"

听着神崎兴致勃勃地讲着，阵内感受到了一丝寒意。虽然有点失礼，但很难想象一个年纪比自己大了一两轮的成年人竟然还对漫画如此痴迷。她在网上收集周边，还把网名取为"阵内作品的忠实读者"，实在是了不得。

阵内越发觉得她可能在那封信上做了手脚，为的就是把自己叫到她家来。不过再怎么忠实的粉丝，也不至于把他吃掉吧。

"不过，我还是第一次遇到像您这样年长的人看我的漫画。"

听到阵内这么说，神崎低下头，咯咯一笑："在您这样的年轻人看来，四十八岁就已经是年长的人了啊。"

"四十八岁？您看起来很年轻，我还以为只有三十来岁。"

神崎苦笑道："快别说笑了。"

真是个奇特的女人。她给人的感觉就像是只有外表随着年龄的增长而衰老，内心却维持原貌的少女。

一位宛若少女的妇人，就在这个小房间里读着阵内的漫画独自生活着。这情景就像是远离尘世的异次元空间。

"您是做什么工作的？"

虽然住的地方简陋了点，但神崎还是有闲钱来满足自己的漫画兴趣。四十八岁的年纪应该也不是靠退休金生活。她在工作日白天还能像这样接待阵内的拜访，说明她能自由地安排时间。

"我目前没有工作。之前一直在打零工，但前段时间刚刚辞职。如果没有条件限制的话，还是有其他工作可以做的。但我动过心脏手术，现在也会每月去大学医院做一次检查。虽然这并不会给日常生活带来不便，但毕竟还是心脏有问题，因此工作并不太好找。我有一级残疾证，政府会给我发放不少的救助金。况且我一直独居，刨除生活费，还是有钱去买漫画的。之前打工挣来的钱基本都存起来了——对了，签售会那天，桑原里美小姐也在会场吧？"

"嗯……"

"桑原里美小姐……我觉得如果海乐欣在现实中存在，那一定就是她那副模样吧。"

阵内觉得心脏仿佛被猛揪了一下。

"这是巧合。"

海乐欣的原型便是里美。虽然本尊与海乐欣有些差异，但阵内将人物形象修改后用于《行星轨道》的作画时，确实在海乐欣的形象中注入了里美的形象。这件事只有他自己知道，就连立花和助手们都不知情。不过，立花也好，助手也罢，甚至其他友人，都不曾说过海乐欣跟里美很像。不仅如此，就连里美也不曾发觉。

这是当然，现实跟漫画毕竟是两码事。连环画那种写实画风暂且不谈，阵内所画的角色整体上属于动漫角色。就算是以现实中的人物为原型，除非直接告诉对方，不然本尊也不见得会知道。

可是，神崎却道破了这一点。这也是她能力的一部分吗？或者只是无心之语？

"我还跟您握了手呢。"

"是吗？"

"您不记得了吗？"

"抱歉，没印象了。"

神崎笑得像个妙龄少女："没办法，毕竟您是人气漫画家。那场签售会来了很多粉丝，您也不可能一一记得他们的长相。"

她说的是事实。

"不过，我感觉到了……"神崎神情变得严肃，郑重其事地说，"当时您旁边站着一位女士，微笑地关注着签售会的进展。在她身上，未来的画面如同潮水般涌入我的脑海。"

神崎的表情有些心不在焉，她断断续续地讲着："我看到了您在哀号痛哭，看到了熊熊燃烧的汽车，还看到了报道这起事故的新闻画面……这一切就如同记忆一般，刹那间便印在了我的脑海里。虽然是未来的情景，但对我来说却是必然会发生的。"

里美的身体已经烧成了漆黑的焦炭。

神崎连这都预知到了吗？

"当时您就知道死于交通事故的就是她吗？"

神崎重重地点了点头："我看到了在交通事故中死亡的女人，预知到了她的姓名和为人，也知道她和您的关系。"

"既然如此，"阵内倾吐着自己的情绪，"那为什么当时不直接告诉我？"

阵内知道这有些蛮不讲理，但还是情不自禁地说了出来。

"如果我当时就告诉您，里美小姐不久后会死于交通事故，您会相信我说的话吗？"

阵内小声地回答："不会。"

岂止不相信，还可能会把神崎当成神经病而交给警察吧。

"而且，只要我预知到了某人的死亡，那预言就一定会成真。无论使用什么方法，都无法避免。即便如此，我也不想袖手旁观，总想尝试去改变命运。但到目前为止，还没有人能逃脱死亡的命运。"

确实如此。阵内现在勉强能跟上神崎所说的话了，毕竟里美的死亡已经成了事实。可是，如果神崎是在里美出事前说出这番话，那确实无法令人相信。

当然，就算现在，他也不可能全盘接受她说的话。

"那您为什么又要写那封信给我？"

——4月27日，桑原里美小姐会遭遇交通事故。

"那是因为，"神崎仿佛在凝视着远方，"在那场签售会上，您和桑原里美小姐看起来非常幸福。"

"荒唐……"阵内有些不快。

"真的。不过，我当时什么都没说就回去了。我知道，我说的话是不会有人信的。"

"可是您最终还是寄了那封信给我。"

"因为我实在忍不住了。我是您的粉丝，就算没有任何意义，也想采取一些行动。所以我便思考着怎么向您传达这个信息。您是名人，地址和电话是不会公开的，那就只能通过出版社的编辑部来给您传递信息了。"

"于是，您就向编辑部寄出了那封信？"

神崎点了点头："可是桑原里美小姐还是过世了。"

"是的。我无能为力，什么都做不了。"

"您当时认为这是恶作剧，便没有叮嘱桑原里美小姐多加注意吗？"

"我确实认为是恶作剧，但我是在里美死后才读到这封信的。"

阵内心里生出一个疑问：如果他在里美去世的4月27日前读到这封信，他会相信信中的内容而采取相应措施避免里美的死亡吗？恐怕最终仍会认为是恶作剧，把信跟垃圾一起扔了吧。

神崎遗憾地眯起了双眼："原来是这样啊。您素日繁忙，每天都会收到很多粉丝来信，应该没时间看我的信。阵内老师，您现在还觉得这封信是恶作剧吗？"

阵内深思片刻，如实回答："我不知道。能印证这一切的就只有邮戳而已。"

"我不奢求您能相信我……"神崎仿佛在自言自语。

"我的责任编辑叫立花，他也说一定是动了什么手脚。毕竟只有邮戳能证明您的预言。"

"能怎么动手脚呢？"

真没办法……

"聊点别的吧。"神崎说道。

"好。"

"海乐欣死了啊。"

阵内再次认识到，无论是具有预知能力还是其他，她终究是喜欢他漫画的一个粉丝。

"您觉得遗憾吗？"

"确实会有些落寞，但如果您认为这对推进故事必不可少，那也是没有办法的事。"

如果粉丝都像神崎这么通情达理，那阵内就会轻松许多了。

"神崎女士，您是从哪里知道我的漫画的呢？"

"像我这样上了年纪的人看您的漫画，让您为难了吗？"

"没有，我不是这个意思。不过您打破了我的读者的最大年龄纪录。那本漫画杂志是面向年轻读者的，我没想到会有您这样的女性阅读。"

神崎苦笑着说："我死去的女儿是您的粉丝。"

到了饭点，神崎邀请阵内留下来吃晚饭。阵内毕恭毕敬地拒绝后，离开了神崎家。他还不忘在神崎给出的彩纸上签名，签了三张。虽然可以拒绝，但事到如今他也不太好这么做。他在三张彩纸上签了名，还分别在每张彩纸上画上了海乐欣、柴姆和福埃沃的速写图。

阵内也不忘嘱咐神崎，下次预知到有人死亡时务必最先告诉他。无论是不是恶作剧，就算神崎真的有预知能力，他也想稍微增加一些样本量来验证其真伪。

神崎已快到知天命之年，却有一头乌黑的头发，肌肤光滑润泽，没有岁月的痕迹。要是向其他人介绍说她是"阵内的姐姐"，也不会有什么不合理。

其实阵内感觉有些扫兴。在拜访她之前，阵内一直在想，能寄出那封信的人一定是超乎想象、用常识无法理解的变态。正如立花所说，那封信有可能被动过手脚，并被当作诱饵来引诱阵内上钩。

然而阵内没想到的是，神崎只是一个平凡无奇的女人，两人相安无事地度过了一个下午。

神崎。

预言……

预知了里美死亡的女人……

阵内脑中已经一片空白，什么都不知道了。

*

三桥的家里，母亲早上就出门了，说是晚上才回来。这种情况最适合带女朋友回家了。

"痛，好痛……"

千夏眉头紧锁，眼角噙着泪光。但三桥不管不顾，继续着腰间的动作。

"我说好痛！"

千夏用力推着三桥的肩膀，扭动着身体。两人顺势分开了。

"叫你别动……"

说完，三桥便把千夏按倒。由于千夏喊疼，他逐渐疲软，在两三次尝试后，冲动急转直下，而焦躁则达到顶峰。

"拜托让我休息一下。"千夏说道。

三桥夸张地叹息一声，横躺在床上。他望着天花板，陷入了回忆。

第一次发生关系时，两人都还是处子之身。在交往两个月后，他们便去了情趣旅馆。初尝禁果的三桥过于紧张，千夏也从未迎接过男人，结果那天两人赤身裸体，互相摆弄着对方，就这么过了一夜。在经历了三四次笨拙的尝试后，他们才得以成功。第一次成功那晚，她哭喊了出来，血流得到处都是。

自那天以来又过了两个月……

虽然不会出血了，但还远远谈不上有快感。只要三桥一准备进入，千夏就会从床上蹦下来，在房间里来回躲。

真是太惨了……

千夏打电话邀请三桥去约会时，三桥正一边看着《行星轨道》的同人志，一边津津有味地解决生理需求。随着内容进入高潮，三桥感觉即将升天。与那梦幻般的片刻相比，现实中的情况未免太过无趣。千夏虽谈不上是不堪入目的丑女，但跟美丽无比的海乐欣可谓天差地别。

三桥自己又何尝不是呢。他本打算关注一下个人形象，好好打扮一番，但钱都花在漫画、动画或是游戏上了，穿着还是做不到讲究。

"如果要用颜色来形容你，那就是泥土黄。要是有女人愿意跟你这样的人交往，那你可得好好感谢对方。你可没有资格挑三拣四。"

高中时期的同学说出这番话的情景如今还历历在目。

开什么玩笑……

他是泥土黄，那千夏岂不就是老鼠灰？

开什么玩笑，开什么玩笑，开什么玩笑，开什么玩笑……

"你在想什么呢？"

老鼠灰的女人漫不经心地笑着问道。他跟她可谓天作之合。

三桥喃喃地说："海乐欣死了……"

三桥那天看了《周刊Internal》上登载的讲述海乐欣死亡的第142话，看完便惊慌失措地给为数不多的朋友打电话或发邮件，告诉他们这个让人震惊的消息。自然也包括千夏。就这么持续了几天后，千夏也跟其他人一样，无法对海乐欣之死感同身受了。

"怎么还在提这件事啊？唠唠叨叨的，真烦人。况且还有我在你身边，你就别再痴迷于漫画中的女人了。"

"你说什么？"

三桥怒目而视。

"干吗啊，这么吓人。"

千夏这种长得不周正的女人没有资格说这番话。如果海乐欣是最上等的女人，那千夏就是次品中的次品中的次品。

只有在粉丝网站上找到的同好们才懂得他的悲痛。这个网站是《行星轨道》的粉丝制作的。在网站的人气投票排行中，海乐欣位列第一，与第二位的柴姆拉开了相当大的差距。然而，她却死了。

第142话刊登之后，网站上出现了大量的留言，主要是针对作者阵内龙二的恶语中伤。三桥自然也参与其中。

去死，阵内。去死吧。

"可恶……"三桥喃喃地吐出了这两个字。

"你怎么了啊？"千夏诧异地问道。

跟千夏在一起时，三桥时常幻想着自己是在跟海乐欣在一起。是海乐欣，他正在跟海乐欣……

然而，千夏的哭泣声和微胖的身形打碎了三桥的幻想。面对这副毫无魅力的躯体，想要获得快感根本不可能。

千夏跟三桥都在同一家超市——丸林超市打工。他俩都是《行星轨道》的粉丝，关系逐渐就亲密起来了。这个长相不端正的臭美女人竟然还参与了同人志的制作，听说是某个漫画社团的头牌作家。三桥虽然爱看同人志，但从未参与过制作，这件事非常令他钦佩。

听说千夏将来想成为一名职业漫画家，她还把自己的作品带到了《周刊Internal》的编辑部。漫画行业自然不会像她想的那么简单，她不会这么一帆风顺地出道，但还是收到了编辑的名片以及鼓励的话语。收到名片就意味着有对应的责任编辑了。对没有任何才能的三桥来说，这件事也令他钦佩。

然而，除此之外……

不过，也不要再奢望什么了。一年三百六十五天，三桥成天沉迷于漫画和动漫。他也时常焦虑着，想要尽早丢弃处子之身。因此，只要是个女的，无论是谁都可以。如果彼此般配，那就再适合不过了。

"你就那么喜欢海乐欣吗？"

三桥觉得千夏什么都不懂，便没有回答她。

"也许我能让海乐欣复活。"

"说什么蠢话。"

"是真的哟。"

"要是这么容易就能办到，哪还需要这么操心。之前那一期都画到海乐欣的葬礼了。"

"总会有办法的嘛。剧情里并没有发现海乐欣的尸体，实际上她还活着，这不就行了吗？"

"行什么行啊，你又不是作者，阵内龙二才是。"

"我可以拜托阵内老师哟。"

"你在说些什么啊，你都不认识他。"

“我准备去当阵内老师的助手了。”

“什么？！”

三桥的声音都变调了。

千夏只是呵呵地微笑着。

*

“我昨天见过神崎了。”

“是吗？情况如何？”

“是个怪人。她说她有预知能力，可以知晓人的死期。”

“那是肯定的啊。她写了那封信，还装模作样地自称有预知能力，可不就是怪人吗？”

“不，我不是这个意思。我没想到具有预知能力的人竟然只是个平凡无奇的主妇。”

“那她怪在哪里？”

“她是我的漫画粉丝。很奇怪吧？虽然她看起来很年轻，但已经四十八岁了。”

“这应该只是客套话吧，很常见的。”

“我觉得不像。她的房间里不单集齐了漫画单行本，还收集了周边产品和已经发行过的《周刊Internal》。四十八岁的老阿姨竟然如此着迷于我的漫画，这很奇怪吧？”

"也不一定哟。我有个在念初中的侄子，听他说他学校里有一个五十多岁的英语女老师，都这把年纪了还是《龙珠》的忠实粉丝。"

"好让人怀念的名字啊。在那部漫画里，无论主角打败了多么强大的敌人，总会有实力远超上一批的强敌接二连三地出现。我曾经觉得这种模式会长久地存续下去，但现在看来已经过时了啊……"

"听说这位女老师跟当时还在念小学的儿子一起看《龙珠》，看着看着就喜欢上了。而且，即使到了漫画连载和动画播放都完结的今天，她还是痴迷得很。所以，那个叫神崎的四十八岁女人是您的漫画粉丝，这一点都不稀奇。"

"她说她死去的女儿是我的漫画粉丝。不知道她有没有预知到女儿的死亡呢？"

"神崎的女儿？"

"对，但她并没有告诉我详情。她跟丈夫离婚了，现在是一个人住。"

"那这些东西就是她女儿留下的了。神崎看了女儿留下的《行星轨道》单行本后便成了您作品的粉丝，这也不奇怪啊。跟《龙珠》比起来，《行星轨道》虽然不算是面向成年人的作品，但应该也是青年漫画了，稍微上了点年纪的人去看也不足为奇。"

"说的也是，这世上什么样的人都有。"

"她缠着您要签名了吧？"

"我没法拒绝，就签了三张。"

"那还真是辛苦您了。不过您竟然给她签了三张，好奢侈啊！"

"她大概会妥善保存吧。若是经济方面出了问题，她还能拍卖掉。"

"拍卖？"

"对，神崎说她在拍卖网站上收集过《行星轨道》的周边，比如电话卡啊，T恤之类的。她注册的用户名叫 z_fan，意思是'阵内作品的忠实读者'。"

"看来这个叫神崎的女人是您的超级粉丝啊。莫非她是为了把您叫过去才寄出了那封信？她只是一心想要见到自己最喜欢的漫画家。"

"但是还有邮戳的问题。"

"邮戳是可以想办法伪造的啊。"

"老实说，我有些担忧。这些事不用你说我也明白，所以我不敢放松警惕。"

"之后没发生什么事吧？她有没有什么可疑的行为？"

"没有，她很有礼貌。"

"您还会再见她吗？"

"她说下次预知到有人死亡会告诉我的，到时候应该就会联系我吧。"

"我虽然没有资格说三道四，但还是觉得跟读者接触太多会不太好，毕竟狂热的粉丝中还有些偏执分子。"

"我知道。"

"不过我一时半会儿还不知道她是怎么在邮戳上动的手脚。阵内先生，您应该不会相信她所谓的预知能力吧？"

"怎么说呢，从常识方面来考虑肯定是不会信的。"

"对，这种判断才是明智的。"

"我知道……"

阵内结束了通话，放下了听筒。

——"您应该不会相信她所谓的预知能力吧？"

立花的话语宛如回声一般在阵内的脑海中回荡良久。

"您跟立花先生聊了些什么呢？关于第二部命名的讨论已经结束了吧？"

助手细野饶有兴致地问道。

"与你无关。"

"哼，把我排斥在外了啊。我明明也是您的工作伙伴。算了，无所谓啦，我肚子饿了。"

细野对各方面的事都很关注，没有操守，但是一位难得的好助手。他清楚阵内的工作方式，只用吩咐他最基本的必要事项，他就能心领神会，完美地完成所吩咐的工作，非常好使。与经验尚浅的助手不同，与他一起工作不需要一一嘱咐每一部分的灰色调需要搭配哪一种网点纸[1]，不用下达这些麻烦的指令，他就能完成工作。阵内非常信任他，还配了一把工作室的钥匙给他。

细野能够忠实地再现阵内的画风，关键时刻把稿子全部交给他画也不会有人发觉。阵内时常不厚道地想，把稿子交给细野，自己就能翘班了。自阵内出道以来，细野就一直在协助他的工作，故而能够迅速地学到他的技艺和手法。

细野知道阵内的工作方式。

这时，阵内突然脱口而出："细野。"

"怎么了？"

"你相信预知能力吗？"

细野目瞪口呆，懵懵懂懂地说："什么？预知能力？为什么突然问这种问题？"

"你只用告诉我相不相信。"

细野若有所思地说："我觉得人的命运在出生时就已经定下来了，但我不知道有没有人能窥探命运。"

---

1 网点纸：在有黏性的一张薄膜上印有各种各样的等间隔排列的花纹，常见的有点和线，也有其他图案，每种图案用途各异。需要使用的时候把贴片剪下来，贴到待处理的黑白原画上，从而就能表现出颜色的深浅、背景或衣服的花纹等。

"人的命运在出生时就已经定下来了？"

"对啊，这不是理所当然的吗？现在是由过去的要素综合起来形成的，因此未来就应该是由现在的要素综合起来形成的。只要分析现在，就能轻松得知未来。"

阵内嗤笑道："歪理。"

"话虽这么说，但还是有不少人声称能预知未来。比如，有人说能收到来自阿卡西记录[1]的信号；又比如，印度有人找到了投山仙人之叶[2]，上面写有自己的命运。话说回来，您提到预知能力，是发生什么事了吗？"

"没有，没什么。对了，那个助手怎么还没来？"

"哦，您是说千夏啊。她还没来，不过应该快了吧。现在离约定的时间还早。"

新助手名叫石崎千夏，听说想当职业漫画家，现在正在做同人志。她经由细野介绍被阵内招了进来。

---

1 阿卡西记录：现代神秘思想中出现的概念，是记录着自古以来的所有现象、思想、感情的世界记忆，也是记录着过去、现在、未来所有信息的宇宙数据库。

2 投山仙人之叶：投山仙人是印度神话中的七仙人之一，代表南极老人星。印度南部流传的一种古老占星术认为，古代的伟大贤人知晓全人类的过去、现在和未来，他们将所有信息都记录在树皮或是椰树叶子上，这些典籍一直流传到了后世。

阵内并不喜欢同人志。若是原创同人志，那可以随便进行自由创作，但其中有一类人擅自使用《行星轨道》的设定和角色，根据自己的喜好创作故事情节。这类作品十有八九都是十八禁的色情漫画，主角基本都是海乐欣。

在阵内最近看到的一本同人志中，海乐欣被一个外星人侵犯，这个外星人有着好几十根男性生殖器形状的触手。《行星轨道》中可不会出现这种粗鄙的怪物。这本同人志里的其他角色都沿用自阵内的漫画，但是其中的男性角色都被作者为所欲为地画成性欲爆棚的模样，乐此不疲地跟海乐欣交媾。阵内觉得无法接受，仿佛是自己的女儿被强奸了似的。而且，阵内看过那本同人志后，还以为是自己画的。那些漫画临摹出了阵内的画风，准确得令人作呕。

封面上歪歪扭扭地写着作者的名字——高桥龙一。有很多同人志的作者名都是社团的名字，其中那些兴味索然的平凡笔名反而大放异彩。虽然高桥龙一看似是作者的真名，但这种可能性微乎其微。应该没人有胆量用真名画这种漫画吧。

《行星轨道》相关的同人志每年都会出好几本新作品，并在社会上流通。阵内每次看到这些同人志，都会不停地跟责任编辑立花和助手细野抱怨。"您是知名漫画家，出名就会有相应的代价嘛。""就当被狗咬了一口，赶快忘了吧。"然而，他们的话语丝毫没有安慰到阵内。再加上其他的助手都离开了阵内，在双重夹击之下，他在精神方面受到了相当大的折磨。

那段时间，阵内无意间看到细野在看同人志。与阵内不同，细野对同人志并没有抵触心理，反而会频繁地在漫展中露面，似乎是在展会上努力收集相关信息。听说他有很多朋友都是同人志作家。

阵内也试着看了看细野看的那本同人志。

那是一部原创的同人志作品，剧情就是高中生的恋爱戏码。作品的情节平庸，并没有什么特别的地方。不过，作品中虽然没有过多运用网点纸处理灰色调，但教学楼等建筑物的细节却十分逼真。

"对了，我听说画那本同人志的女孩还把稿子带去了《周刊Internal》的编辑部。不过她被拒稿了，很是沮丧。就算画得再怎么好，也不可能这么顺利就出道吧。"细野说道。

然而，他的这番话说得并不对。不管是不是送上门的稿子，只要作品具备可以与职业漫画家的作品比肩的魅力，顺顺当当地登载到商业杂志上也并非不可能。虽然这确实很困难，但编辑并不会因为是送上门的稿子就持有偏见，而是会带着审视的眼光仔细阅读。被编辑拒稿肯定不是因为作者默默无闻，而是有相应的原因。

那本同人志的作者叫石崎千夏。

立花看过千夏带来的稿子，所以记得她。

"她的作画表现力不错，所以我便递给了她名片，还说了一些支持她的话，鼓励她今后继续努力。老实说，她拿得出手的就只有作画了，故事情节平淡无趣，人物塑造平淡无奇。她见我递了名片还喜出望外，以为是给她分配了责任编辑。其实，我们现在都会送一张名片给带稿件上门的人。以前，如果有人多次带着稿子来编辑部，且得到了某种程度的认可，我们才会发名片；但现在，不少人耐心好得很，三番五次地带稿子来，所以我们都是逢人就发名片了。"

除了作画具有表现力，她没有其他的闪光点。不过正好，阵内不可能一直把助手的工作交给细野一个人来干，于是也考虑着让细野介绍一个不错的助手过来。石崎千夏刚好完美地满足了当助手的条件。

在新老交替异常激烈的漫画行业必须时刻保持竞争意识。《行星轨道》虽然取得了成功，但多如牛毛的后续作品却穷追不舍。阵内要与这些作品竞争，而且必须保住常胜宝座，这种压力就像千斤重担一般压在了他的身上。因此，他必须尽早把新人扼杀在摇篮之中。

通过当助手最终成为漫画家的绝不在少数。雇用一个如同璞玉一般才华横溢的年轻人当助手，阵内还是有些抵触。这会让他时常有危机感，觉得自己是在培养未来的竞争对手。

基础的技艺和手法都是现成的，他们可以随意使用，而且不用担心他们的技术会超过自己。不过这一切都是建立在他们不会作为漫画家而崭露头角的假设之上。

阵内通过细野与石崎千夏取得了联系。

阵内不禁再次想起了那件已经反思过好几次的事。

岁月静好、安然若素的日子在里美死的那一天突然就分崩离析。这场意外来得太突然，没有任何前兆。

如果是在小说或漫画中，必须事先就在故事中埋下伏笔，暗示里美会死于意外。

然而，提前埋下伏笔只是漫画世界中的规矩，现实中的事情发展不会如此贴心，绝不可能存在肉眼可见的"伏笔"以预示里美的死亡。

阵内在一时的情绪影响下画出了《行星轨道》第142话，没埋下任何伏笔，就这么突然地让海乐欣死了。目的何在？为了实验？为了在漫画里忠实地再现现实世界的法则？可是，这种做法是否妥当？

读者的反应非常激烈，就连编辑立花都没有给他好脸色。

据说石崎千夏是阵内的粉丝。不，应该是《行星轨道》的粉丝。关于海乐欣之死的看法，女性粉丝可能也会持有批判态度。她的死很突然，而且没有任何伏笔，因此对这种敷衍了事、不太自然的剧情发展持负面评价的不光是疯狂迷恋海乐欣的男性粉丝，还有把《行星轨道》当作优秀的漫画作品纯粹地欣赏的粉丝。

仅仅让海乐欣死掉，还不至于让人这么怒火中烧。读者气愤的点在于，阵内没有做任何铺垫就直接画死了海乐欣。千夏恐怕就是这些读者中的一个，因此并不能保证今后能跟她保持良好的工作关系。

年轻人——尤其是跟漫画制作之类的创造性工作相关的人——往往具有很强的自尊心和强烈的自我意识。他们的自我表现欲也很强，希望表达各种各样的观点。之前的助手也都是这样，每个人都有自己的见解："我是这么认为的""我是这样想的""我觉得这样会比较好"。虽然各抒己见并非坏事，但在工作中却难以达成统一意见，反而得不偿失。

阵内回想起当时一片混乱的情形。除了细野外，其他的助手都反对让海乐欣死。大家吵得不可开交，暴力事件一触即发。假如细野不在，当时又会是什么情况？

即使如此，阵内还是画了第142话。除了细野，其他的助手都离开了。

作者都是从零开始构建故事情节的。伏笔周密、结构完美的作品会被视为佳作，漫画自然也不例外。作品中的世界都是细腻而微妙的，仅仅一个不妥之处就足以让作品毁于一旦。作者就是这个虚构世界中的上帝。《行星轨道》中的世界运作都完美地处在他的掌控之中。

然而，现实却不同。在现实世界中不可能存在运筹帷幄的作者。

想到这里，阵内的身体僵硬了一下。

看着他这副模样，细野问道："老师，您没事吧？我看您脸色不太好。"

"没事，没什么，只是有点头晕。"

"是贫血吗？这也没办法啊，成为您这样的超一流人气作家后，大多数人会疏于健康管理。"细野说完，便嘿嘿地笑了起来。

年轻助手在短时间内便会更替，但只有细野从《行星轨道》开始连载那会儿起，便一直在协助阵内工作。阵内跟他打了相当长时间的交道。正因为如此，无论是在与里美订婚时，还是在乔迁新居时，抑或是在里美死于意外时，细野都一直在阵内身边。比起编辑，阵内与助手在工作室里相处的时间更长，因此跟他们的交情会更深。

在里美死的那天，阵内不自觉地在细野面前落了泪。细野应该比常人更能理解他的痛苦。"加油""别泄气"——编辑和作家同行的这些话并不能起到安慰作用，反而还在阵内的伤口上撒了一把盐。只有细野一如既往，不紧不慢地朝他微笑着。

阵内虽不清楚这是不是细野刻意为之，但他那点到即止的态度才是自己唯一的慰藉。

"我没事。"

阵内低声回答道，仿佛在自言自语。

接着，他自然而然地开始思考神崎的事。

神崎说，如果她在某人死亡的前几天在此人附近，那她就能预知此人的死亡时间。

假如现实世界中存在上帝，并在这个世界里埋下了无数的伏笔，且有人有能力读取这些伏笔，那么神崎就是拥有这种能力的女人吗？这个女人能够接受来自现实世界的创造者——上帝的信息。

阵内情不自禁地嘀咕道："太荒谬了。"

"您说什么？怎么了？"

"没事，没什么，我自言自语罢了，你别当回事儿。"

细野一脸惊讶："老师，您真的没事吗？是不是太累了？"

太累了？确实如此。

现实世界的创造者？能够读取上帝信息的人？此人就是神崎？实在是荒诞。神崎的那封信确实很不可思议，但就算不搬出"上帝"这种夸张的说法，应该也能拿出让人更容易接受的解释。

这时，门铃响了。

"会不会是她？"

"哦……有可能。"

细野起身朝玄关走去。

"老师，早上好。"

与细野一同出现在阵内眼前的是石崎千夏。

在目光交汇之时，她立刻开了口："老师，我们上次见面时您虽然已经明确表过态了，但我们还是让海乐欣再次出场吧，这样肯定会更好。"

阵内长叹了一声。

上次见到千夏时，她特地前来询问阵内，问海乐欣是不是不会再出场。当时，阵内给了她明确的答复，说不会再让海乐欣在《行星轨道》中出场。千夏应该也接受了阵内的说法。

阵内说："我才是作者。"

"是的，我知道。但您不觉得可惜吗？海乐欣一直以来都推动着剧情的发展，而且是最具人气的角色呀。如果让她再次出场，《行星轨道》一定能重返读者投票的第一位，而且单行本也会畅销。"

"这种事不用你说我也明白。"

细野一脸忧虑地关注着他们的交谈。

"我现在的男朋友是《行星轨道》的粉丝，而且是海乐欣的铁粉。因此，当我向他坦白要来当您的助手时，他便纠缠着我，让我想办法让海乐欣复活。"

"海乐欣不会再出场了，她已经死了。"

"可是尸体并没有回收，后面的剧情可以设定成她还在某个地方活着……"

细野拽了拽千夏的衣袖，示意她别再说下去："我们这些助手啊，尤其像你这种新人，给大作家提意见还早一百年呢。"

"这不是意见，而是建议。"

"这也早一百年。"

千夏所说的话，阵内也十分清楚。

海乐欣在宇宙空间中徘徊，后来被民用飞船给救了下来。一年后，她与柴姆重逢，但她却因事故的冲击而失忆了——如果把后续的情节发展按照这样来修订，剧情一定会走向高潮。

但是，里美已经死了，不会再活过来了。绝不可能像在漫画中一样，可以顺应人心地设定成"其实她还活着"。正因如此，阵内才安排了海乐欣的死亡。让海乐欣再次出场，就相当于承认自己的选择是错误的。

"我不会再让海乐欣出场了。"

听完阵内这番话，千夏自觉无趣地嘟起了嘴唇。

千夏是《行星轨道》的粉丝。莫非她怀着野心，想让《行星轨道》的后续情节都按照她的意愿来发展，所以才潜入了他的工作室？阵内脑中涌出这种近乎妄想一般的思绪。

*

　　晚上七点四十分，丸林超市马上准备打烊了，店里已经看不到顾客的身影。就在几小时前，主妇们摩肩接踵，忙着采购晚餐食材。现在看来，那时的喧嚣就像是海市蜃楼一般。

　　陈列在货架上的商品经过顾客的挑选与购买后，已经凌乱不堪。三桥一边在店里巡视，一边将货物摆放整齐。他把货架深处的商品摆放到前面来。已经卖完的商品在货架上空出了空间，他便把旁边没卖完的商品补充过来。三桥的职责之一便是避免货架出现空当。当然，只要商品持续售卖，货架上的陈列便会逐渐凌乱，因此他必须时刻留意货物的陈列情况。

　　三桥机械地重复着这些工作。他已经习惯了，因此并不觉得费事。此刻，他脑子里在想着别的事情。

　　千夏上周辞职离开了丸林超市，成为阵内龙二的助手。除了薪水拿得更多外，还能在喜欢的漫画家身边工作，因此她每天都过得很充实吧。

　　据三桥所知，有几名助手对阵内画死海乐欣的决定感到愤怒，便齐刷刷地离开了。于是，由于最近人手不足，阵内忙得焦头烂额，所以才把千夏这名优秀的同人志作家给挖了过去。

　　阵内画死海乐欣后身边出现了责难的声音，这让三桥感到些许安慰。但是这些助手非得用辞职的手段来表达抗议，三桥对此深感不值。

他们原本可以在海乐欣死前策划造反，杀死阵内啊。

《行星轨道》是畅销漫画，即便作者死亡也不会完结，肯定有助手能准确地模仿阵内的绘画风格。要是这样的话，他现在就能酣畅淋漓地欣赏海乐欣再度大显身手了。

最近，《行星轨道》新出的同人志数量也急剧减少。粉丝网站的论坛上竟然还出现了肯定派势力，他们理解阵内画死海乐欣的选择，与否定派展开了无休止的争论。粉丝之间不温不火的和平交流也在海乐欣之死的影响下画上句号。

粉丝网站上流传的消息称，连载杂志《周刊Internal》举行的《行星轨道》粉丝投票显示，该作的人气相比以前已一落千丈。

海乐欣死后，日夜悲叹的柴姆告别了伙伴，脱离了前线战斗，开始了一个人的旅行。这样的剧情，哪个读者看了都会担忧不已吧。与撒旦和斯皮德·弗里克的战斗又会怎么样呢？

海乐欣死前的《行星轨道》处处都洋溢着澎湃的激情，就好比是一场42.195公里的马拉松比赛，从起点开始就全力奔跑；海乐欣死后的《行星轨道》便萎靡不振，剧情苍白无力，如同一个上了年纪的老者，神情呆滞地躺在房外的走廊上晒着太阳。

让海乐欣退场，这对《行星轨道》来说肯定不是一个正确的选择。阵内龙二若是考虑到这一点，也一定会对画死海乐欣后悔不已。

千夏把阵内说的话转述给了三桥。阵内斩钉截铁地表示今后不会再让海乐欣出场了，甚至还拒绝了千夏的建议，怒斥她"新来的助手怎么能指手画脚"。

现在该如何是好？

怎样才能让海乐欣在《行星轨道》中再度出场？

思来想去，答案只有一个，那就是——杀了阵内。

既然助手们都胆小如鼠，不敢造反，那他就该履行这份职责。

作者要是决定了不让海乐欣在《行星轨道》中再度出场，那便是不可动摇的。要是阵内认为人气跌落是无可奈何的，周围的人再怎么劝说也无济于事。

因此，只要把阵内杀了，一切问题就都解决了。

就算阵内死去，《行星轨道》也不见得会终结。作者死后，相关的制作公司会成为核心并继续发表作品，这也不是什么稀罕事。《行星轨道》的商业价值早就已经确立下来了。

从千夏所言来看，她自己暂且不论，离职的助手们都对阵内画死海乐欣感到不快。失去了摇钱树的《周刊Internal》编辑部的态度更是不言自明。

阵内，去死吧。这是把《行星轨道》重新推向读者排行榜榜首位置的绝佳机会。

在《行星轨道》失去唯一作者后，趁着编辑部思考对策而乱成一锅粥时可以轻松掌控事态的发展。只要编辑部和助手双方意见达成一致，关于海乐欣的后续处理便能顺利推进。

如此一来，三桥便能再次看到海乐欣活跃的场面了。虽说千夏还是新人助手，但只要与在现场工作的她保持联系，就不难了解故事情节的发展情况，甚至还能要求她，让她增加海乐欣的出场次数。这些要求虽然不可能直接反映在现场的意见中，但至少不像现在这样，只能通过读者问卷或写一封找碴信来表达诉求。

这些想法究竟现不现实呢？在阵内龙二死后，《行星轨道》到底会不会就此终结呢？

这时，身后传来了副店长的斥责："喂，三桥，你怎么心不在焉的？"

"哦，抱歉。"

副店长指了指挂在超市出口附近的时钟："你看看现在都几点了。"

"七、七点五十一分。"

"几点开始准备打烊？"

"七点五、五十分开始。"

"那你还在发什么呆，还不赶快准备闭店！你如果不早点搞定，我们也回不去啊！"

"对、对不起，我现在马上开始。"

三桥低头向副店长鞠躬道歉后，转身朝超市正面的入口跑去。

副店长那凶狠的面相仿佛是由岩石削刻而成。他嗓音尖细，卷曲的大背头就像是烫发失败一般。他总是和蔼可亲地对待那些主妇顾客，但对打工的三桥却不讲情面，恣意使唤着他，让他筋疲力尽。

三桥把店门口堆放的货物搬运到店里，有装着卷心菜和白菜等食物的箱子，有堆着洗涤剂和抽纸等日用品的手推车，还有装满了已经用过的泡沫塑料的回收箱。他简单地用扫帚清理了垃圾，把外面的厕所上了锁，关掉照明，最后拉下了卷帘门。

这些工作每天都要重复进行。跟整理店里的商品相同，他机械地处理着这些工作，然后在脑中继续构想着刚才被副店长打断的计划。

如果真要杀了阵内，具体应该如何实施呢？

对方是名人。然而，跟同为名人的演员、歌手、运动员等相比，小说家或漫画家给人的感觉更像是幕后人员。因为出现在公共场合的只有作品，而作家本人基本不现身。当然，也有一些作家频繁出席电视节目，行为跟艺人无异，但至少阵内不是这类人。

比起杀死政治家或艺人，杀死阵内这种漫画家应该并非难事。

画死海乐欣的阵内刚好被全国粉丝怨恨，也就是说，有好几十万人有杀死他的动机。杀人案的侦查都是首先关注有动机的人，而自己只是那几十万人中的一个。若是小心谨慎地杀掉他，不留下目击者，也不留下证据的话，警方的侦查对象就会有好几十万人。

不过还是有两个问题。

其一，严格来讲，他并不是"几十万人中的一个"。他正在跟千夏交往，而千夏又是阵内的助手。她以新人助手的身份要求过阵内让海乐欣再次出场。千夏肯定跟阵内提过他是海乐欣的忠实粉丝。

也可以间隔一段时间再杀阵内。先跟千夏分手，两三年后再去杀掉阵内龙二。届时千夏肯定早就忘记他这个很久之前的恋人了。

当然，这个方法也有问题。即便在读者排行榜中名次跌落，即便单行本销量不好，倔强的阵内也不会在意，而是会继续画《行星轨道》，不让海乐欣再次出场。这样的话，《行星轨道》必定会草草完结。喜新厌旧的读者会忘记海乐欣，最终不再看《行星轨道》。

关键在于，趁着现在《行星轨道》日渐式微，要赶紧杀死阵内，否则便为时晚矣。

然而，跟第二个问题比起来，这些问题都不足挂齿。三桥清楚地知道，既然要杀人，就要承担一定程度的无法规避的风险。

第二个问题便是——他究竟有没有勇气去杀了阵内？

"喂，三桥。"

又是副店长的声音。

"来、来了……"

"别磨磨蹭蹭的，麻利点干！我想早点回去了。"

"是，我、我立刻就干。"

看到副店长和三桥这番交谈，收银台的女生——千夏的朋友——捂着嘴咯咯地笑了起来。她比千夏可爱。在四目相对之时，三桥不禁把脸转过去，觉得对方是在嘲笑慢吞吞的自己。

副店长是三桥除了阵内外第二个想杀掉的人。今天来打工的男性只有三桥一个，所以闭店的所有准备工作必须由他一个人来完成。虽然这相当费工夫，但也无可奈何。副店长喋喋不休地加以指责，语气仿佛是在恐吓勒索。三桥心里一直在琢磨着，要是杀了这家伙，该有多爽啊！

不过，这终归只是三桥的幻想。当副店长本人出现在他面前时，原本就胆小的三桥更是吓破了胆，连说话都结结巴巴了。

问题就在于此。

就算细致入微地筹备着杀人计划……

如果在实施计划之前临阵退缩，那就毫无意义了。

*

在完成一天的工作后，阵内回到了家。

在目黑区的一处高级住宅街里，皎洁的月光正洒落在阵内的新居上。回到家也只是徒增空虚，阵内开始认真考虑尽早卖掉这处房产，今后就准备住在工作室了。

他确认了一下邮箱，一把将里面的晚报和其他信件抓了出来。

夜风习习，他在门口一封一封地确认着邮件。其中有很多传单广告——有成人影片的，有寿司店的，有比萨店的……而信件也都是些不正经的玩意儿，比如人寿保险或是可疑的中药广告之类。

阵内在玄关脱了鞋，走向起居室。他把传单广告和信件塞进垃圾箱，然后坐在沙发上，疲惫地长嘘了一口气。

这时，手机响了。

屏幕上显示的是立花的名字。阵内觉得有些麻烦，但又不好挂断，于是不情愿地接了电话。

"喂？"

"非常抱歉这么晚打扰您。我是立花。刚刚我给工作室打了电话，但没有人接……"

细野和千夏都回家了，工作室现在没人。

"没关系，你有什么事吗？"

"有两件事。首先，您可能会觉得烦人，但我还是想再问一下，您当真决定不再画海乐欣了吗？"

"你真缠人啊，相同的事你们要问几次才罢休？新来的助手来问我，长年合作过的责任编辑也来问我。你们这是什么意思？如果我不画海乐欣了，《周刊Internal》杂志社就要把我炒掉吗？"

阵内不禁粗暴地吼了出来。

"如果让您不高兴了，我表示歉意。不过我们不可能因为这种事情就炒掉您，而只会在《行星轨道》跌出读者投票排行榜且无可救药之时才终止连载。或者如果阵内老师您自己决定要完结，那我们也只能终止连载。"

"如果我就是这么决定的，你们会怎么办？"

"这个嘛……就要看排行榜的情况了。在海乐欣之死的影响下，《行星轨道》现在已经丢掉了第一的宝座。如果作品能再度回到第一而且长期霸榜领跑，届时您还要这么说，我当然会阻止您。相反，如果像现在这样在排行榜上的名次逐渐跌落，估计就没人阻止您了。"

"别说些不吉利的话。"

"这可不是开玩笑。请您早点消除海乐欣之死造成的影响。

要想消除影响，风险最低的方法就是让海乐欣再次出场，但您的自尊不允许您这么做。"

"你特地打电话过来就是为了说这些事？"

"我还没说完呢。我们在下午的会议上提出了一个新的营销项目。我本打算立刻打电话通知您，但因为一些琐事耽搁了，所以现在才跟您联系。"

"营销项目？"

"我们出一本海乐欣的插画集吧？"

"插画集？"

"其实就是海乐欣的写真集。我们会精选出迄今为止海乐欣在《行星轨道》中出场的名场面，然后用CG着色。当然，也需要麻烦您再画几张插图。我们想让您新画一些不同造型的海乐欣，比如泳装啊，制服啊，日常服装啊，等等，然后都收录到插画集里，如此一来肯定会大卖。插画集的价格肯定会比单行本高，可能有些读者会犹豫不决，但卖上十万本是没问题的。怎么样？您要不要画？"

不愧是生意人啊。阵内在自己情绪的影响下画死了海乐欣，在这之后立花竟然还能稳步地制订赚钱的计划。

"我没有用过CG。"

"可您还是得尝试新技巧啊……"

"算了，随便你们吧。我只要求一点，别在插画集的腰封上写一些让人难为情的宣传语，比如'海乐欣追悼纪念画集'之类的。"

"谢谢您，阵内先生。另外……"

"怎么了？"

"还有一件事。"

"你还有什么要求吗？"

"有一封信寄到编辑部来了。"

"什么信？"

"神崎的信。"

阵内不禁屏住了呼吸。

"信件的特征跟前段时间您所说的相同，因此引起了我的关注。原本还有很多表达抗议的粉丝信，这封信差点就被埋在里面看不到了。要怎么处理呢？需要我一起给您转寄过来吗？"

"这封信现在就在你手边吗？"

"对，就在我眼前。"

"打开它吧。"

"这不太合适吧？"

"我想听听你的意见。"

"好吧。"

一阵短暂的沙沙声后，听筒那头传来了立花的嘀咕声："这是谁寄的啊……"

"怎么了？信上写了什么？"

"里面只有一张信纸。"

"上次也是这样。"

"要我读出来吗？"

"好，那就麻烦你了。"

立花缓缓地读着信："阵内先生，我给您寄来了第二封信。这是一封预言信。我的公寓楼里住着一名作家，叫西园寺健，是名小说家。5月20日，西园寺健会从公寓的楼顶跳楼自杀。"

阵内不由得望向了墙上的挂历。

今天是5月21日。

"邮戳呢？"

"日期是5月19日，盖着鹤见的邮戳。"

阵内双手抱头，喃喃地说道："西园寺健？这人是谁？我没听说过。"

"其实，上次我就很疑惑。为什么她要写信呢？要是预知到了就立刻打电话或发邮件告诉别人啊。"

"我没把邮箱地址和电话号码告诉神崎。她如果要与我联系，就只能通过编辑部了。"

只要阵内不告诉神崎，她应该就没办法得知他的手机号码或是这处住宅的电话号码。

"就算不知道您的私人号码，那也可以直接给编辑部打电话啊。除此之外还可以发传真或发电子邮件。编辑部的邮箱地址都是公开在主页上的。"

"这样你就比我先知道预言的内容了。她可能并不乐意这么做。"

"为什么不乐意？"

"你问我我也不知道啊。不过立花啊，这封信就麻烦你下次来工作室时带过来吧。你要寄过来也行。另外，如果得知了关于跳楼自杀的西园寺健的任何消息，请立刻给我打电话，拜托了。"

"我知道了。不过，阵内先生……"

"怎么了？"

"您还是别陷得太深。"

挂断电话后，阵内也不好一直等着立花的联络，于是便开始查看报纸。他把今天的早报和晚报都平铺在桌子上，瞪大双眼仔细寻找相关的报道。

"跳楼自杀""西园寺"——阵内以这两个词为关键词，目光在报纸上扫视着。

他没花多少工夫就找到了。

这是刊登在21日早报上的一则短讯。

小说家跳楼自杀？

20日凌晨，横滨市鹤见区的一处公寓里，作家西园寺健（42岁）被人发现倒在公寓的停车场。西园寺全身受到了强烈的撞击，在被运送到医院不久后便正式宣告死亡。现场及住宅并未发现遗书，但警方经过初步调查，认为自杀的可能性很高，目前正在传唤相关人等进行进一步的调查。

小说家？

横滨市鹤见区？

阵内坐立难安，便拿起手机。在确认手机已经设定成不显示本机号码的模式后，他拨通了神崎住宅的电话。

神崎立刻就接了电话。

"哦，是阵内先生啊。看来您已经收到那封信了。"

"对，今天寄到编辑部了。"

"我这边从昨天开始就闹得沸沸扬扬的。"

"我看过报纸上的报道了，横滨市鹤见区的一处公寓该不会就是……"

"没错，是我住的这栋公寓。我跟西园寺先生还认识，不过也只是走廊上碰到会寒暄几句的程度。"

"你们离得那么近吗？"

"阵内先生……"神崎的语气之中透露着些许沉痛，"只要我没在某人的附近，我就无法得知他的命运。从经验上来讲，范围大概是半径三米。因此，我尽量不去接触其他人，连人群都不会去靠近。不过在日常生活中，不与人接触是根本不可能的。"

"嗯。"

"不过，作为您的粉丝，我无论如何还是想去您的签售会。我特别想知道是怎样的人画出了如此出色的漫画。因此，我在明知有风险的情况下来到了签售会。在新宿站附近，不断有死人的画面涌现在我的脑海中。我什么都做不了，只能不予理会。可是，在签售会的会场感受到里美小姐的死亡时，我……"

神崎的话语仿佛决堤的洪水一般继续着。

上一次或许是初次见面的缘故，神崎表现得很沉稳，说话时也让人感到了一定的距离感。可是，这次却丝毫没有这样的感觉。

"我看过一本杂志里的报道，因此在预知到里美小姐的死亡前，我就已经知道她是您的未婚妻了。我不否认我是为了了解里美小姐才接近她的。其实我是很少有这种想法的。就这样，我预知到了她的死亡。"

杂志报道？看来是某个不知名的八卦杂志刊登了这种滑稽可笑的文章——《在纳税大户排行榜榜上有名的人气漫画家的未婚妻究竟是何方神圣？》。这些乱七八糟的文章虽然让阵内感到愤慨，但他只能不断安慰自己，这比绯闻好多了。

"拿到您的签名后，我就回家了。可是，里美小姐的事深深烙在我的脑海里，无论如何都挥之不去。因此，我写下了那封信，寄到了编辑部。"

"那西园寺又是怎么回事？"

"刚刚我也说过，我们只是住在同一层楼，平时没有任何交流。早上出门扔垃圾时，我偶尔会碰到西园寺先生。就在那时，我看到了——西园寺先生从屋顶一跃而下，摔在停车场里，倒在一片血泊之中……"

"你警告他了吗？"

神崎沉默片刻后，徐徐地说："阵内老师，您觉得该怎么做呢？"

"我不知道。"

"我在预知到西园寺先生的死亡时，叫住他说'我们是住同一栋公寓的邻居，如果您有什么不顺心的可以随时来找我'。西园寺先生瞪了瞪我，便回到了自己的房间。邻里们都认为西园寺先生难以打交道，我只能做到这种程度了。"

"我并不是在责怪你。"

"嗯……"

"你向警察提供证词了吗？"

刚问完，阵内就意识到自己的问题很愚蠢。

"您觉得我该如何做证？警察会相信我说的话？肯定会被他们当成可疑分子，然后接受传唤调查吧。"

神崎说的没错。

"不好意思，我问了奇怪的问题。"

"没关系，那么，现在您相信我的能力了吗？"

阵内不知该如何回答。

"你觉得我不相信吗？"

"我虽然拥有这种异常的能力，但还是有最基本的常识的。强迫您相信我是不可取的。"

"我的责任编辑立花最开始也完全不相信，但这次他也颇为吃惊。"

"我……"

"你请说。"

"在您相信我之前，我能一直给您写信吗？"

既然神崎都这么说了，恐怕这种事情还会一直发生吧。随着预知到他人死亡的信件接二连三地寄到编辑部，阵内会对预言内容不再感到错愕，也不会再感到震惊，而会逐渐把它当作日常生活的一部分……

阵内突然开口说道："我相信。"

神崎的嗓音仿佛像个少女："我很开心。"

阵内不由得问道："为什么？为什么我相信你，你会很开心？"

神崎或许是为了引起他的关注才伪造了那封预言信。阵内心中残存的这份疑虑仍未消散。

"因为在我的人生里，您是唯一相信这个能力的人。"

"我并不是完全相信，只是在回答你而已。"

"我知道，不过这也没什么两样。"

神崎仿佛看透了阵内的内心世界。

"神崎女士。"

"怎么了？"

"如果你预知到了我的死亡，请直接告诉我。"

这番话就像是在调侃。

神崎回答道："我知道了。但是您还不会死，没事的。我还没有看到您的死亡画面。"

*

电视里突然响起尖锐的重金属摇滚乐声，画面上弹出了夸张的字幕：一名作家从自家公寓的屋顶上跳楼自杀！一位八卦节目的记者单手拿着麦克风，一边走着一边面对摄像头进行播报。

"这里是案发现场，西园寺所居住的位于鹤见区的一处公寓。"

镜头切换到了另一个机位，能拍摄到发现西园寺尸体的停车场。此时屏幕上是发黑的血迹的特写画面。

这时，镜头转向了一名年龄稍大的女性，似乎是第一个发现案发现场的人。

"我早上正在散步，发现有人倒在那儿，四周都是血，吓了我一大跳。"

"然后您就拨打了110吗？"

"对，我见他一动不动，立刻就知道他已经死了。这可是一件大事啊！"

镜头切换到了公寓的全景，只见公寓墙上整齐地排列着一排排的窗户。画面逐渐向其中一扇窗户放大，透过窗户可以看到房间里堆积成山的书，这些书把窗户都封堵住了。画面右下角辟出了一块圆形的区域，里面放着西园寺的肖像。

电视里传来了煞有介事的旁白声："作家西园寺健为什么会从自家公寓的楼顶跳下来呢？接下来是来自同一公寓的居民的证词。"

"嗯……怎么说呢，我总觉得他性格有点阴暗，跟他打招呼，他也冷冰冰的爱搭不理。"

"他都一把年纪了还是单身吧？如果是女人暂且不提，可男人过了四十岁还单着，这有点吓人吧。"

"他每天晚上都把音乐声开得很大，吵得我们受不了。我们一起找他提过一次意见。后来虽然没有再听到音乐声，但他从来没有就此事跟我们道过歉。"

"他腿脚似乎不灵活，总是拖着脚走路，下楼梯相当吃力。明明可以去坐电梯，可他好像是故意向周围人显示自己腿脚不便，非得步行下楼。虽然这也不是不可以，但有一次啊，我正准备上前帮他，他却冲我怒吼，让我别碰他。"

接下来又是旁白，是在朗读西园寺健写的一篇小说。画面上出现了一列小小的字幕：《腐朽的都市》西园寺健（著）。

"这个世界正在腐朽，正在发狂，必须得净化。在道路上的行人中，有生存价值的可谓屈指可数。即便杀掉这群鼠辈，也不会受到天谴。去看看《罪与罚》吧。书里拉斯柯尔尼科夫说过这样一句话：为了一个天才，杀死一百个凡人也不足为惜。"

节目里既没有说明这篇小说的内容如何，也没有说明这段话是哪个角色在什么时候说的。

——"他都一把年纪了还是单身吧？如果是女人暂且不提，可男人过了四十岁还单着，这有点吓人吧。"

看来女性一直单身并无大碍，而男性在四十岁还没有结婚的话，就会被世人冷眼相待。要是对女性说出相反的论调，铁定会被女权主义者认为搞差别对待而引起轩然大波。

结婚——已经不再是遥远的将来之事，不好再不屑一顾了。跟自己同辈的堂亲和表亲老早就结了婚，甚至都有了孩子。

三桥开始想象。

他想象着自己一直遇不到女人，一直交不到女朋友，相亲也是屡战屡败。就这样年过三十还是单身，年过四十仍然是单身，世人冰冷的目光如冰锥一般扎着他。

"听说那个叫三桥的，都年过四十了还单着。如果是女人就不说了，可男人还单着会不会有点吓人啊？"

三桥调整着呼吸，努力让内心平静下来，以抹去这段黑暗的未来景象。他现在还有千夏。

三桥躺在房间里，呆呆地看着电视里的八卦节目。窗外依旧传来隔壁落榜生大声播放的嘻哈音乐。

三桥生活在一个单亲家庭，他和母亲共同生活。母亲现在出门打零工了，家里只有三桥一个人。他反复思考着今天的安排。今天他不用去丸林超市打工，一整天都可以自由安排。

电视里的八卦节目正在播放一则新闻，说的是横滨一名作家从公寓的屋顶上坠楼而亡。虽说是作家，但并不像漫画家阵内龙二那么有名。西园寺的所有作品都没再版过。处女作在很早之前就绝版了，目前最新的作品还是两年前发表的。总的来说，他就是一个无名作家。

全国性的电视频道上怎么会播放这么无聊的案件呢？原来有消息称，这名叫西园寺健的小说家因为涉嫌嫖娼而正在接受警方的调查。此外，尸体中似乎还检测出了酒精。警方怀疑西园寺意识到自己即将被逮捕，于是在酒精的作用下突然起了自杀的念头。

听说西园寺用五万日元买了初中生的身体。三桥在心中咒骂：该死的萝莉控[1]！高中生也就算了，竟然跟初中生……他就这么缺女人吗？

三桥坚信，只要自己幻想着海乐欣，就不会觉得缺女人。

八卦节目还在继续，画面从录像转到了演播厅。自鸣得意的嘉宾们正针对这起案件聊得热火朝天。

这时，三桥突然想到，为何不杀死可恶的阵内龙二并将其伪装成自杀呢？

*

黄昏时分，阵内漫步在鹤见的街道上，心里想着：我要不要也像西园寺健那样自杀好了？

不对，不能是"要不要自杀"。

阵内在心中强烈地暗示着自己：快去自杀。他连具体的方法都设想好了，就采用传统的上吊自杀。在自家上吊可能会很晚

---

1 萝莉控：只对幼女或少女产生性欲的一种异常心理。

才被人发现，那么实施的地点就定在今晚的工作室吧。阵内在忙碌时会住在工作室，但今天并不太忙，晚上应该没其他人在，不会有人妨碍。第二天一早，来工作室上班的细野和千夏就会发现他的尸体吧。

阵内在脑中反复地设想着自杀的过程和情景。

如此一来，神崎应该就能预知到他将要自杀。

阵内路过了那家电影院，看了眼立式招牌。看来那位导演的作品还在上映。要不今天去看？不，还有比看电影更重要的事情需要去确认，现在可没工夫悠哉地看电影打发时间，等腾出时间后再来看吧。

快走到神崎的公寓了。现在已经看不到记者的身影。如今的日本每天都有事件发生，那些记者也不可能一直关注着一个事件，而且这次的事件也没有什么话题性。客观来看，至少要是阵内自杀这种事才更具话题性。

西园寺健——在电视新闻里看到他的照片时，阵内还没反应过来是谁，当听到附近的居民做证说他腿脚不便、下楼特别费力时，他便想起来了。第一次来到这栋公寓时，在楼梯间的平台处撞到的那个冷冰冰的男人就是西园寺健。这个男的太过阴沉，阵内能够理解附近居民对他的评价。

阵内爬上楼梯，到达神崎的房间所在的二楼，然后来到了走廊上。迎面走来一个主妇模样的中年女性，手上正提着购物袋。走廊狭窄，两人只能错身而过。

阵内来到了神崎的房门前，按下了对讲机。

突然，阵内感到左边有人在看他，于是转过头，只见刚刚遇见的中年妇女正满腹狐疑地盯着自己。目光交汇之时，她感觉有些尴尬，便移开了目光，慌慌张张地向另一边走去。

搞什么嘛。

门开了，神崎出现在阵内面前。

神崎或许是察觉到了阵内正一脸纳闷地看着那个中年妇女，便问："阵内先生，您这是怎么了啊？"

"没什么。刚刚那人直勾勾地盯着我看，我还以为有什么事呢。"

"噢，是远藤啊。"神崎看着逐渐缩小的中年妇女的背影，"这种人在哪儿都有的，您别在意。她们这种人啊，就像是主妇群中的领导角色，特别爱八卦。"

神崎领着阵内来到玄关，关上了房门。

神崎看起来比实际年龄要年轻许多，应该可以算作美人。她一个人生活，而且单身，如今她的房间却有年轻男子来访——这可是"爱八卦的主妇"最喜欢的"瓜"啊。

这回阵内被带到的不是上次那间日式房间，而是神崎日常生活的起居室。

"不好意思，这里有点乱。您随便坐。"

"不，一点都不乱。跟我的工作室比起来，这里要整洁多了。"

起居室里摆着一个电暖桌，由于天气回暖，上面的被子已经被拿开了。墙壁上挂着白色的时钟，下面是一台十八寸的电视。电视上放有一个蓝色的花瓶，里面空空如也，没有插花。

阵内在窗边的位子上坐了下来："我今天到访会不会给你添麻烦？"

"不会。"神崎摇了摇头，"原本我就跟住在这儿的人不怎么亲近，多少会有些流言蜚语，这也在所难免。不过，所谓的流言蜚语也不是什么大不了的事。她们那种喜欢八卦的人哪儿都有，相应地，跟我一样喜欢闭门不出的人也并不罕见。这儿的居民也没人知道我的能力。"

"我看过电视了，死去的西园寺似乎是个很怪的人。"

"对啊，他比我要怪多了。"

说完，神崎揶揄似的笑了起来。

"我并没有歧视的意思，但他竟然付钱给初中女生……这一点我实在不敢苟同。对了，神崎女士。"

"怎么了？"

阵内在心中强有力地反复默念着：今晚我要自杀，不论谁来说什么，都无法阻止我。

"您有没有从我这儿感觉到什么？"

"没有，我什么都感觉不到。"神崎摇了摇头，"您还不会死。"

"胡说！我已经决定了今天晚上要在工作室上吊自杀。"

"请别开玩笑了。"

"我说的是真的。但你为什么没能预知到？"

神崎凝视着阵内，回答道："这是因为您今晚不会死。至少从今天算起的几天内您都不会死。"

"但我已经决定自杀了。"

"决定和实行之间可有着天壤之别。您今晚是不会死的，即便想测试我的能力也没用。"

"那我们打个赌？"

说完，阵内立刻意识到自己的话有多么滑稽。这场赌局的胜利便意味着自己的死亡。

神崎并没有理会阵内那愚蠢的问题："您今天的工作没问题吧？"

"我又招了一名助手，工作很顺利。每次都像这样打扰你，太不好意思了。"

"没有的事。我跟您不同，有大把大把的时间，虽然在日常生活中尽量不与人接触，但孤独感还是让我很难受。"

她说完便走向了厨房。等待了片刻，跟第一次拜访这里一样，她端出了热腾腾的绿茶。

"我们这种上了年纪的人才喝绿茶，不知道合不合你们年轻人的口味。"

"不，我很喜欢喝茶，晚上通宵赶稿可少不了它。不过你说你上了年纪，可真会说笑。"

"我离'老人'这个称呼确实还早，但跟您相比也算是上了年纪。"

"是吗？老实说我实在不敢相信你已经快五十岁了，感觉不出你的真实年龄。"

"如果我真像您说的那样看起来很年轻，那估计是因为有些东西让我十分痴迷吧。"

阵内调侃地询问："什么东西？难道是恋爱？"

神崎苦笑着摇了摇头："怎么会有人喜欢我这种老阿姨呢？令我痴迷的正是您画的《行星轨道》。"

"这是我的荣幸。"

"我之前从来没有看过漫画，对它一直都抱有偏见，认为这是小孩子看的东西。可当我无意中开始看《行星轨道》时，觉得有趣得不得了，现在已经入迷了。"

"那你看过其他作家的漫画吗？"

"嗯，我也尝试着看了一小部分《周刊Internal》上连载的其他人的漫画，但跟《行星轨道》比起来都很没意思，总有一种脱离现实的感觉。"

《行星轨道》也非常脱离现实，毕竟是在讲宇宙战争啊。"

"漫画的背景确实是宇宙战争，但怎么说呢，我能对漫画中角色的动机产生强烈的共鸣。"

如果海乐欣仅仅是个美少女，那读者就不会对她如此着迷了吧。正因为她的角色塑造非常优秀，所以才收获了许多狂热的粉丝。一旦不让海乐欣再次出场，那就必须从零开始创造一个角色来替代她。想到这里，阵内便心生郁闷。

"正是因为有东西令你痴迷，所以你看起来才那么年轻啊……"阵内嘀咕着。

"阵内老师，现在让您痴迷的东西是什么呢？"

这次轮到阵内苦笑了。他戏谑道："现在让我痴迷的是您的能力。"

"没有这个能力才好……我才不想知道其他人的命运。"

"你若是不想要，那就把这个能力让给我吧。"

"要是真有这么简单，我就不会这么烦恼了。"

"我想要你的能力。"——如果你的能力确实是货真价实的，而不是搞了什么把戏——阵内把没说完的后半句话咽了回去，"如果我也有你这样的能力，那天我就会不顾一切地阻止里美去上班。"

"结局并不会改变。即便您当时阻止里美小姐开车，她也一定会死的。"

"这就是所谓的命运吗？"

神崎点了点头："以前，当预知到亲密的人会死时，我拼命地想要阻止，可终归是徒劳。"

"命运无法改变吗？"

"是的，命运早已注定，绝对无法改变。"

简直岂有此理。阵内无法理解神崎想表达什么，忍不住吼道："那你为什么要寄出那封信？"

神崎面露怯色。

阵内出于礼节鞠躬道歉。他原本不应该相信神崎的预知能力是真的，可是现在他的思绪一片混乱。

"抱歉，我太冲动了。"

"对不起。"神崎用手绢擦拭着眼角，"就算我知道一切都是徒劳，但我当时还是忍不住想要寄出那封信。我心存侥幸，觉得命运或许能改变一次，这一次说不定就可以。可是……"

阵内接着她的话说："可是，命运到头来还是无法改变？"

在短暂的沉默之后，阵内先开了口："我一直认为，所谓的未来就如同笔记本上雪白的一页，什么都还没写，全凭自己的意志来决定。可是，如果如你所说，既定的命运无法改变，那么人就不存在自由意志了。即便我们打算凭自己的意愿做出抉择，可实际上就连这些意愿都早已注定。宇宙里的一切事物自始至终都是安排好了的，无论它有多么渺小。所以，这一切都无法更改。”

“您说的这些我不太懂。”

“为什么？为什么你预知到的是人的死亡？为什么不是明天的天气如何，赛马的结果怎样，下一任的首相是谁，而是人的死亡？”

“我不知道……”

神崎继续擦拭着眼角。别想用眼泪做掩护——阵内此刻正期待着她快点露出马脚，承认那封信是伪造的。

“我不知道……并非谁都希望拥有这种能力。不过错都在于我，是我意气用事给您寄了那封信，结果让您更加痛苦了。”

阵内饮下一口已经温热的茶水，润了润嗓子：“我还是想要你这样的能力。”

就算神崎是在欺骗他，他的这句话也是真心的。如果拥有了神崎那样的能力，说不定就能救里美了……

“您能这么说，是因为您未曾体验过。要是真的拥有这个能力，你就能明白这有多可怕了。不，这种感受根本无法用简单的言语来表达。”

“但可以预知自己身边人的死亡啊。”

“您觉得这是必要的吗？”

“可以努力去阻止。”

“努力也是徒劳。”

"那是因为你还没成功罢了。说不定真有什么方法能阻止。"

"不行的。无论我怎么绞尽脑汁去阻止，也只能怨恨自己能力不足，只能在强悍的命运面前低头，流下绝望的泪水。"

阵内费力地挤出声音说："结果并不重要。对我来说，为此付出的努力才是最珍贵的。我想起了里美。她在车中慢慢被烧死时，我正好在家里悠闲地吃着她做的早餐。她所承受的痛苦我连想都不敢想……神崎女士，你认为如何呢？命运是残酷的吧？"

神崎并未回答，只是用怜悯的目光注视着阵内。

"同样的事情总是一再发生。里美死了，在她之前我交往的女生也死了。如果你的能力是预知他人的死期，那我的能力一定就是把喜欢的女孩从这个世上抹杀掉。你愿意听我讲一讲吗？"

神崎静静地点了点头。

"我刚上大学那会儿，十九岁，交往了第一个女朋友。我把初吻和处子之身都给了她。我的朋友们基本上都已经经历过这事儿，因此跟他们比起来我算是比较晚的。"

神崎面露微笑地倾听着阵内的讲述。

"她是我大学的同班同学，也在画漫画，我们俩情投意合。"

阵内还从未跟其他人说过这件事，包括里美在内。

"她性格软弱，胆小怯生，沉默寡言，一阵风都能把她吹倒。她是我的第一个女朋友，所以我非常珍惜这段关系。午休时我们会一起在大学附近的摩斯汉堡[1]吃午饭，星期天会一起去看电影。有一次路过唱片店时，她还买了我喜欢的CD送我当礼物。还有一次我们聊天，聊到我有一个同龄朋友都结婚了，而且都快生小孩了，于是我们便有说有笑地谈论着未来的婚姻计划。她不太爱说话，我原本也属于不健谈的类型，因此我们常常在街上默默地走着，什么话也不说。最开始我还觉得尴尬，会拼命地找些话题来聊，但没多久就习惯了，渐渐喜欢上了这种安静的氛围。"

"您喜欢她吗？"

"是的……"阵内原本想说"当时是的"，但还是把"当时"两个字咽了回去，"我就是从那时开始画漫画的，那会儿画的就是《行星轨道》的原型，而她就是第一个读者。她不爱说话，所以只说了'有意思'三个字。当时我很困惑，不知道她说这句话是出于真心还是为了照顾我的感受。不过，她还是给了我一个建议。"

"什么建议？"

"作品里缺少女主角。她说，如果有一个魅力四射的女主

1　摩斯汉堡：总部位于日本东京的一家跨国连锁快餐厅，于 1972 年创立，目前大多数业务集中在亚洲。

角，我的漫画一定会更有意思。我采纳了她的建议，画出了海乐欣。当时的海乐欣跟现在的版本有些不同，发型是黑色短发，身高也矮小一些。出道时，我参考了编辑的意见，将她的身材做了优化，以便取悦男性读者。"

神崎微笑着："原来是这样啊，这可是连粉丝都不知道的创作秘密呢。"

"海乐欣形象更新的那会儿，我下定决心要跟她分手。我虽然喜欢过她，但是遇到了一个更喜欢的人，那就是里美。在跟里美开始交往时，我跟她的关系还没有了断，也就是所谓的脚踏两只船。"

神崎说："渣男啊……"阵内打心底里承认这个说法。

"我喜欢上了里美，但我也很喜欢她。她不擅于表达自己的意见，只是微笑着，仔细倾听我说的话。约会时看哪部电影啊，去吃什么啊，都由我来决定。所以，我觉得即便要跟她提分手，她说不定也是像往常那样什么都不说，只是微笑着同意。"

到了今天，阵内只觉得自己非常自私。

"我想跟她分手，但我也希望在提分手时她能说出自己的想法。要是什么都不说，那就太悲哀了。我很任性吧？"

神崎无言地摇了摇头。

"里美跟她不一样。我们聊天冷场时，她会照顾我的感受，每次都能提出新的话题，比如想看什么电影，想吃什么东西——这自然不是任性。每当我一个人面临选择困难的时候，她总会积极主动地提出自己的意见。这样的人会给我带来新鲜感。可是，我却没跟一直交往的女朋友提分手。"

到头来全都是自己的错啊……

"一年过去了，两年过去了，《行星轨道》已经成了人气漫画。于是，我便开始沾沾自喜，在高档餐厅喝酒，还把国产的低排量车换成了进口车。后来跟里美订婚时，我也给她买了辆进口车。跟华丽的里美比起来，大学交往的那个女朋友土里土气的，让我心生厌恶。没过多久，她便问我是不是觉得她碍事了。看来就算我不说出口，她也能从我的态度中察觉一二。我不断矢口否认，但其实是在骗她。"

"她察觉到您在说谎了吗？"

"察觉到了。她仿佛看透了我的内心，问我：'你是不是说谎了？'我回答她说：'我怎么可能说谎。'可是，她并没有相信，而是说：'我可以跟你分手。我听说你的单行本已经成为畅销书了，恭喜你。像你这么有才华的人肯定会遇到更漂亮的人。我这么土气，配不上你。'她从不表达自己的想法，因此这番话就显得非常深刻。我只能拼命地否认。"

"然后呢？"

"我跟她果然还是很搭的。她不擅于表达想法，而我也一样，不然我早就跟她提分手了。我们性格相近，才会互相吸引。

然而，里美有着我们不曾拥有的东西。正是因为交往的女朋友跟我很像，所以里美这种女人在我眼中就是崭新的存在。在画漫画时，我的脑海中也不停地重复着这些问题：为什么没能肯定地答复她？为什么没跟她分手？我喜欢里美要胜于喜欢她。可是找到新欢就断然甩掉她，这对她来说也太残酷了。"

"最后结果怎么样？"

"我心想不能再这样优柔寡断了，便下定了决心要和她分手。于是我们定下了最后一次约会。那天，为了留下最后的回忆，我奢侈了一番，选择了银座的一家法国餐厅用餐。她好像是第一次来这种高档餐厅，显得很紧张。那副样子惹人怜爱，让我有些迟疑。我内心深处在挣扎，不断地鼓励自己赶紧将分手说出口。我想着想着，约会就快结束了。"

神崎直勾勾地盯着他。那目光太过凌厉，让阵内无法直视。她身为女性，自己那不堪回首的过去一定让她惊讶了吧。

"我开车送她回家。到达目的地后，她并没有立刻下车。也许是我那沉思的表情让她感到疑惑了吧。她看着我的脸，不安之中又透露着些许期待。我叫了她的名字，然后突然说：'我们分手吧。'"

阵内已经快忘记她的面庞了，可还是清晰地记得她当时的表情。

"她的神色立刻就暗淡了下来。在她说话前，我先开口了：

'我已经跟另一个女孩交往了两年，不想再拖拖拉拉了，必须跟你做个了断。'我自以为是地认为，今天这个不同寻常的约会应该会让她有所准备，然而事与愿违。她紧咬双唇，脸颊上流下两行泪水，问我为什么。"

每当回顾这段记忆，悲哀的情绪便席卷而来，阵内跟她一样哭了出来。

"她像说胡话似的嘟囔着：'阵内，你明明说过啊。我向你提分手时，你不断地矢口否认，我才觉得没问题。'我费力地挤出声音，重复着'我们分手吧'。"

一想到她那掩面哭泣的样子，阵内就无法压抑自己的情绪。

"她哭着说，她的心情犹如从幸福的顶峰跌落到了不幸的深渊。我本着最后的约会要奢侈一番的态度才选择了法餐，可她只是单纯地认为这是愉快的约会的其中一环。她哭着下了车，扔下一句话给我就跑开了。"

"什么话？"

"她说她要去死。"阵内想起了她当时的表情，"我当时以为她在开玩笑。从那天起，她频繁地给我打电话和写信，持续了大概一周。她应该是听说了里美的事，电话和信件的内容大半是对里美的恶语中伤。'那个女的是恶魔的女儿。''跟那种女人交往，你是不会幸福的。'……她已经不太正常了。我没有理睬她。几天后，朋友告诉我，她上吊自杀了。我把头埋在里美的胸前大哭，里美也哭了。我是渣男。我太不中用了。无论是跟女孩子交往还是分手，我都处理不好。正因如此，她才一反常态地在我面前肆无忌惮地说着里美的坏话，最后就自杀了。"

她死时，阵内确实哭了，但不可否认，他同时也感到些许安心。

"我参加了她的葬礼。在跟她交往时，我从没去过她的老家，因此她的那些亲戚似乎都没有认出我。然而，我还是很痛苦。在敬完香后，我立刻就回去了。到现在我还在想，跟她分手的那天夜里，如果我也有你这样的能力，说不定就能阻止她自杀了。"

当然也包括与里美告别的那个早上。

这段话之后，便是长久的沉默。阵内清楚，说完这番话后，两人很难再找到什么话题。

阵内质问自己：有没有把一切都向神崎坦白呢？不可否认，刚刚他所说的话确实经过了少许的润色，但是也没道理必须把自己过去受到的创伤如实地告诉她。这么想来，阵内便也安心了。

*

谋杀阵内龙二计划书

文档上就写着这么一行字。

三桥在电脑前抱着胳膊。这种状态已经持续了一个多小时。屏幕上显示的并不是网络浏览器，而是一个文字处理软件——一太郎。

谋杀计划书……

此前，所有的方案还在脑中思考，尚未成形，如今变换成文字后，气氛突然就变了，感觉这个计划已经有了实实在在的雏形。然而，所谓的计划依然连一行字的内容都未展开，连一纸空谈都谈不上。

三桥敲击着键盘，回车键、空格键、退格键、方向键……他把写下的删掉，然后再写下，再删掉，循环往复。

三桥对阵内的为人一无所知，这让他甚为烦恼。三桥自然是打算从千夏的话中去了解阵内的住宅和工作室的大致方位，至于他的为人和相貌，则必须亲眼见见才能得知。而了解阵内的渠道就只有杂志和报纸上所登载的寥寥几篇采访报道。

如果不调查清楚阵内的个人信息，要谋杀他可谓天方夜谭。到头来还是只能拜托千夏，但这样就会增加风险。

另外一种方案是，让千夏把自己介绍给阵内，这样就能知道阵内是怎样的一个人了。在制订谋杀计划时，三桥脑海里涌现出了谋杀的情景。虽然可以用刀捅，但双方体力差距太大，要是自己被反杀，一切努力就都会付诸东流。

思考一下谋杀计划吧。就算无法实施完美犯罪，也有可能接近于完美犯罪。可是，制订计划和实施犯罪有着云泥之别。

三桥虽胆小怕事，却非常自负。对丸林超市的副店长，他虽然在心中暗自唾骂，但当面却被吓得连玩笑都不敢开，更别提做出反抗了。

"蠢货，布胶带太贵了，用纸胶带！"

"知、知道了。"

"喂，明天星期一，你本来该休息的，但还是来店里吧。男人打工就跟休息一样。什么？你不愿意？"

"不，没有，我没说不愿意。"

"喂，三桥，今天要盘点，你去负责冷冻食品区。手会冻得发僵，你没意见吧？"

"好，我、我没意见。我去，我马上就去。"

基本都是以上这种状态。他这种胆小鬼杀得了人吗？

三桥启动了电脑，点进了收藏在书签里的一家刀具店的主页。

他已经决定好要买哪件了。那是一把军用的战术刀，是美国蝴蝶刀具公司的新产品。他对刀具不太了解。买这把刀的原因很简单，他只是被页面上的宣传语给吸引了：新产品到货！现在购买免运费！

三桥点击了"加入购物车"的按钮。

接下来，画面跳转到了付款页面。填上姓名、地址和信用卡的卡号，这把小刀便是他的了。

这下就能杀掉阵内了。三桥在心中强烈地幻想着杀死阵内的情景。现在他手里还没有任何武器，自己那么胆小，心里确实没底。然而，当他真的拿起这把刀时，便不会再畏惧——神挡杀神，佛挡杀佛。有了这把刀，他就有了胆识，也有了气魄。

三桥移动着鼠标，进入了购买相关的结账程序。

＊

立花把一封已经打开过的信封交给阵内。收件人一行写着"请《周刊Internal》编辑部转交给阵内龙二"。寄信人是神崎美佐。信封上盖着鹤见区的邮戳，日期是 5 月 19 日。

这就是那封预言西园寺死亡的信。

尽管立花已在电话里告知了信的内容，不过亲眼看到的感受完全不同。

阵内先生，我给您寄来了第二封信。这是一封预言信。我的公寓里住着一名作家，叫西园寺健，是名小说家。5月20日，西园寺健会从公寓的楼顶跳楼自杀。

如预言所说，所写小说万年不再版的作家西园寺健死了。

立花喃喃地说："这封信寄到编辑部时，我本该多注意一下的。"

"注意什么？"

"没什么，只是自言自语。我觉得我马上就要搞清楚她的预言是如何实现的了，但还缺少一个环节，就像是一幅拼图少了一块。"

"哦。"

"对了，阵内先生，也让我见见这位神崎女士吧。"

"你要见她？我倒是可以介绍给你认识，但你为什么要见她呢？话说在前头，她除了自称有预知能力外，只是一个平凡无奇的主妇。她确实是我的漫画粉丝，但并非激进的偏执狂。"

"我想让她听听我的想法。"

"关于预言的想法？"

"对。"

立花已经发现制造预言的方法了吧。

"能不能告诉我？"

"在告诉您之前，我想先问问神崎。"

现在说出来又不会少根头发！算了，心急吃不了热豆腐。既然要把立花介绍给神崎，那自己应该能在场听他们说。立花总不至于那么无情，要让他回避吧。

"请您用茶。"千夏端来了一个托盘，说话拘谨，语气透着一种说不出来的怪异。她兴趣盎然地来回注视着展开在桌上的那封神崎的信。阵内若无其事地把信移到桌子一角，翻了过来，不想让她看到内容。千夏把两个茶碗和茶点放到桌上后，僵硬地笑了笑，转身离去。

"她就是那名新助手吗？怎么样？好使吗？"

"一般般吧，她还没有适应我们的工作模式。"

千夏兴致勃勃地逐一询问过阵内的工作方式，主要都是些关于工具的问题。虽然她肯定也想尽早适应阵内的工作模式，但这些问题显得她更像一个纯粹的粉丝，想知道职业漫画家喜欢用哪些工具，又是出于什么原因喜欢这些工具。比如原稿纸用的是哪种，漫画墨汁和证券墨水[1]分别在什么时候使用，为什

1　证券墨水：日本百乐公司的一种颜料墨水，黑度低、干速快，还具有防水性，因此受到漫画家的青睐。普通的漫画墨汁则相反，浓度高，质地更为黏稠，干速慢。两种墨水都有不同的使用场景。

么只用G笔[1]。

"还有其他新来的助手吗？"

阵内摇了摇头。

"那现在助手就只有她和细野两个人？"

他点了点头。

"助手才两个，您工作不会很辛苦吗？"

"怎么会辛苦？两个助手完全够了，也有很多漫画家不用助手。我凭借《行星轨道》出道那会儿还没有什么地位，做梦都想不到自己会有助手。"

"话虽这么说，但您之前有四个助手吧？突然之间人数减半，不会对工作造成影响吗？"

"不会，我原本就是想偷懒才招了那么多助手。现在开始不能偷懒了，得专心工作了。"

阵内虽然每天都画漫画，但并没有患上腱鞘炎。他的工作准则是劳逸结合，为此他必须得多招几名助手。如今他的人气正每况愈下，或许就是怠于工作而受到了惩罚。

"听说她是细野的漫画同道啊。要是成为您的助手，以后带到编辑部的漫画质量应该就能提高吧。"

1　G笔：一种蘸水笔，特点是笔尖较软，富有弹性，能够画出不同粗细的线条。G笔具有很强的表现力，因此常常在漫画中使用。

"她是细野的朋友，我觉得刚好合适，就让她来了。"

"不过啊，像您这样的漫画家即便没有私底下找助手，只要在《周刊Internal》上登出招募助手的告示，一定会有好几百人蜂拥报名。"

"我可不想这样。浏览那几百份报名文件也是一份重活啊。"

"确实也是。"

"而且，要是在《周刊Internal》上以我的名义招募助手，招来的肯定都是一些《行星轨道》的粉丝。说到《行星轨道》的粉丝，肯定半数以上都是海乐欣的粉丝。不，如果限定为男性报名者，百分之百都是海乐欣的粉丝。他们不仅会在报名文件上，还会在面试时问我为什么要画死海乐欣。他们还会认为，如果能够成为助手参与《行星轨道》画稿的执笔过程，那就能按照他们的意愿驾驭角色。"

"确实，要是在《周刊Internal》上登出招募广告，说不定都是一些粉丝报名，他们胸中会燃起复活海乐欣的野心。"

"要是随便让他们燃起野心，那可就不好办了。我才是漫画的作者，故事是我写的，助手只是协助我的工作而已。他们一个个的都不明白这一点。"

没错，他们一点都不明白。只有细野清楚自己的身份。他们每个人都打着如意算盘，想借助手职位之便赋予海乐欣生命，却不明白只有作者阵内龙二才能让海乐欣这个形象按照自己的意愿鲜活起来。阵内一旦决定了让她死亡，那就绝对不可动摇，而助手原本就不应该反对这个决定。

然而，当时除了细野外的其他助手都离开了阵内，甚至还有人骂阵内是独裁者。只能说他们太愚蠢了，幻想着能和和气气地提出意见，坚信着能共同完成《行星轨道》，实在愚不可及。

"不过千夏这孩子不一样吧？毕竟您看过她的同人志作品，发现了她的才华。这跟海乐欣没有任何关系。"

"对，最开始我也是这样想的。可是她刚来上班就不厌其烦地提出再画海乐欣。"

"不会吧，她也是海乐欣的粉丝吗？我还以为海乐欣的粉丝都是男的。"

"不，她并不是。她现在正在交往的男朋友好像是海乐欣的骨灰级粉丝。"

"可您已经不打算再画海乐欣了吧？您别误会，我已经放弃了。之前我都那样劝说您了，结果还是不行。"

"这个插画集的项目结束后，海乐欣就会永远成为过去时。之后，粉丝们自然就会老实了吧。粉丝都是喜新厌旧的，如果出现了其他有趣的漫画作品，他们一定会见风使舵。"

海乐欣的插画集项目正与《行星轨道》的正篇故事共同推进。阵内新画了一些海乐欣的形象，所穿的服装与《行星轨道》

的世界观并不冲突，其中几幅画得不错的已经制成海报开始出售了。

其实阵内想过让立花随意去办，可一旦把这句话说出口，立花真的就会随意去办，他可不敢大意。

阵内无意中看到形形色色的草图旁边放着的那封神崎的信——预言西园寺健会自杀的那封信。立花察觉到了他的目光，徐徐地说："阵内先生，今天您后面还有什么安排吗？"

"安排？我自然是没空的，但跟你商量完事情后，就基本没什么必须做的工作了。"

"是吗？那太好了。"

"你又在打什么主意？"

"刚刚我提过吧，我也想见见这位神崎女士。我有话想跟她说，现在能去吗？"

"现在？"

"对。"

"可是你的推理还不完整啊。"

"虽不完整，但也差不多了，一切都在往好的方向发展。"

立花的神色扬扬自得，看来是相当自信。

阵内默默地拿出手机，拨通了神崎家的电话号码。她说过她辞掉了一直在干的零工。神崎原本就不喜欢外出，此刻恐怕就在家里。

阵内的猜想没有错，神崎立刻就接了电话。

"噢，是阵内先生啊。"

"你好……我待会儿想去你家拜访，不知是否方便？"

"方便，当然方便。您能来我很开心。"

"不过我还要再带一个人来。"

立花露出了期待的神色，仿佛一个顽童。

几十分钟后。

在鹤见的一处公寓里，阵内和立花正站在神崎的房门前。这已经是阵内的第三次到访了。

他们一按下对讲机，神崎立刻就开了门。

她轻轻地向阵内点头示意，然后向立花致以初次见面的问候。立花一边介绍着自己，一边递出名片。神崎像看见稀罕物似的注视着名片。

"别站着说话了，两位请进。"

神崎正要把两人往屋里领，立花却制止了她："我们要不就在外面找个地方聊聊吧？今天的晚风很舒服。"

他们三人行走在鹤见站前的街道上。太阳已经完全落下，街上灯火通明。街上的人群熙熙攘攘的，还有很多年轻人和买东西的顾客来来回回地行走。

"我想想，我们去哪儿好呢？尽量还是要去人多的地方。对了，神崎女士，您有没有常去的咖啡厅呢？"

神崎默默地摇了摇头。

"好吧，真是遗憾。"

立花在车站前漫无目的地转来转去，阵内和神崎跟在他的身后。阵内小声地跟神崎说话，以免被立花听见："不好意思，把你带到人这么多的地方。"

"没关系，我没事的。"

神崎虽然嘴上这么说，但脸色已经变得惨白，丝毫看不到与她在房间里独处时的那种开朗。

"立花平时不会这么蛮横的，今天这是怎么了啊。"

阵内已经告诫过立花，神崎不喜欢人多的地方，可他却充耳不闻。

立花或许是察觉到了两人在低声交谈："怎么了，阵内先生？"

"没事，没什么。"

"你们在说什么啊？能不能也告诉我？两个人说悄悄话也太不厚道了。神崎女士，您差不多也预知到有人死了吧？"

神崎并未回答。

"喂，立花……"阵内看不下去了，开口说道。

然而立花一脸严肃地看着阵内，那眼神像是在瞪着他。

"您别说话，跟着我就行。"

立花的语气不容分说，阵内也不好再说什么了。

立花在人群中寻找能谈话的地点，一边东张西望地环视四周，一边继续走。

他们来到了那家电影院，一群年轻人正沿着墙壁排队。阵内还是第一次看到顾客排队进这家影院，有一种不好的预感。他看了眼立式招牌，预感成了现实。

招牌上的放映场次中没有那位英国印裔导演的连场影片了，取而代之的是其他影片。阵内默默地咂了咂嘴。他不该这么优柔寡断的，早就该去看。即便要花费四个小时，也不会对大局造成影响。唉，悔之晚矣。

从立式招牌和玻璃橱中贴的海报可以了解到，今晚似乎要放映晚场电影。是一系列的好莱坞科幻动作大片，全片都运用特效强化了视听效果。今天一整晚都会放映该系列的影片。虽然现在离放映还有一段时间，但该片备受欢迎，因此必须排队才能抢到好座位。

神崎的脸色越来越难看。她继续走着，像是要尽量远离年轻人的队列。

阵内打趣道："别管那家伙了，我们去看场电影吧？"

"快别说笑了。"神崎仍然面色苍白，笑也不笑地回答，"我经常来这家电影院。一个人闲得无聊时，刚好可以来这儿打发时间。"

"您喜欢电影吗？"

"喜欢，我对演员的表演很感兴趣，高中那会儿还加入了戏剧社。"

这时，立花说："看，那里还不错，而且人也多。"

他指着电影院前那条大路对面的一家咖啡厅。店里都是露天座位，坐着一些年轻女性白领和勤奋读书的学生模样的年轻人。

立花选择了其中一个座位坐了下来。这里靠近露台边缘，人比较少。阵内和神崎不情愿地坐在了旁边的椅子上。

这是一家自助式的咖啡厅，顾客在收银台点好咖啡后需要自己拿到座位上。阵内说他既没食欲，也不想喝什么，便让立花随便点些东西。神崎似乎也一样。

"那就等等我吧。"

说完，立花便朝收银台走去。

"不好意思。"

阵内见立花转身走了，便向神崎鞠躬道歉。

神崎冷淡地回了一句没关系，但能明显感觉到她不太愉快。

不久后，立花端着塑料托盘回来了，上面盛着三杯冰咖啡，杯子是一次性的。

"怎么样？神崎女士，现在有很多人哟，店里有人会死吗？"

立花还是顾忌到周围人的目光，压低了声音，"如果您无法发挥预知能力，那能否回答我几个问题呢？"

神崎并没有要回答的意思。立花并不在意，继续说："为什么您的预知能力必须通过信件这种媒介来传递呢？如果是正式文书或是长篇文章还情有可原，但您寄给阵内先生的、分别预知了阵内先生的未婚妻桑原里美小姐的意外死亡以及与您同住一栋公寓的作家西园寺健的自杀身亡的两封信，都非常简单，其作用只是单纯地传达写信人的目的。既然如此，打电话或是发邮件不就行了吗？"

神崎怯生生地开口："这是因为……"

"因为什么？"

"我不知道阵内先生的电话号码和邮箱地址。"

"对，阵内先生并没有告诉您。不过，没告诉您是一回事，您也可以直接问他啊。但是您并没有问，这是为什么？"

"没什么原因，我只是觉得写信已经足够了。"

"单行本的底页上印有编辑部的电话，此外，还能从《周刊Internal》的主页上给编辑部发站内信。您为什么还要特地通过邮寄方式寄信呢？"

"如果照您所说，那阵内先生在得知我的预言前，编辑部的人就会先知道预言内容，这就有点不方便了……"

如果最开始是通过编辑部来联系，那肯定会被当作可疑文件或是恶作剧电话来处理。倘若经过第三者，就无法确保预言的内容能准确传递给阵内。

"这确实也是合理的理由，但真实原因并非如此吧？"立花看着神崎，那无所畏惧的目光仿佛参透了一切，"您的预言原本就必须通过信件才能实现。"

阵内再也忍耐不住，插嘴说："你的意思是那封信是伪造的？"

"十有八九是的。当然，我也还有些地方没搞明白。神崎女士，我不相信什么预言。阵内先生的内心多半也不相信。相信预知能力的都是些幼儿园小孩，或者最多就是小学低年级的学生。我的推理无论有多少漏洞，跟预言成立的可能性比起来，要可靠得多。"

"我使用了什么手法呢？"

"信件这种媒介，与电话和电子邮件相比，决定性差异是什么？就是预知成为预言时所经历的时间差。您感受到了他人的死亡，此即预知；您把这些转化为语言后传达给其他人，此即预言。到这为止没问题吧？通过打电话的方式，预知即刻就能转变成预言。打开电子邮件或许要花些时间，但发送邮件后立刻就能到达对方的邮箱里，这一点和打电话一样。但信件不同。预知到了什么事情后，把预知的内容书写下来，然后写好地址，封好信封，最后再投递到邮筒里。这不是同城快送，不可能当天就送到编辑部。再加上从编辑部转寄到阵内老师的家，中间的时间差就会继续扩大，花上一周时间也不足为奇。"

"您想表达什么？"

神崎一脸惊讶，似乎是沉不住气了。然而立花不管不顾："也就是说，这封信寄到阵内先生的地址时，您预言中的人就已经死了。"

西园寺健和里美……

"原本就不是什么预言，尽管如此，为什么您所谓的预言看起来却像真的一样？那便是因为信封上盖的邮戳。"

邮戳上的日期都是在两人死亡之前。

"你的意思是，邮戳是伪造的？"

"不，不是的，邮戳是真的。神崎女士，差不多该告诉我们答案了吧？"

神崎一言不发地低着头。立花对此并不在意，徐徐地说："您把信件调包了吧？"

神崎没有回答。

"这是什么意思？"

取而代之的是阵内的发问。

"您从新闻或其他什么地方知道了里美小姐死于交通事故，觉得这是一个接近阵内先生的机会，便往信封里放入了预言的信息，而信封上则盖有里美小姐死亡前一天的邮戳。然后再把这封信寄给了阵内先生，我说的对吗？"

阵内思考了一会儿立花所说的话："等等，不对啊，信封上盖有里美死亡前一天的邮戳？神崎女士为什么刚好会有这种东西？"

立花露出笑容，仿佛洞悉了一切，对阵内说："不单单只有那一天哟。她每天都寄了信，而收件人正是她自己。"

"收件人是她自己？"

"没错。阵内先生，您回忆一下，那封信的收件地址是什么？"

"是编辑部的地址。"

"收件信息有没有什么特征？"

"是用打字机印刷的标签贴上去的。"

"没错，标签下面一定写着她所居住的房间的地址。"

阵内来回看着神崎和立花的表情。立花一副扬扬得意的样子，而神崎却面无表情，仿佛一副能面[1]。

"您每天都给自己寄信，只不过信封里都是空的。您一定是使用了那种黏性不太强的、用于临时固定的胶水来封信封。您

---

1 能面：日本的一种传统舞台艺术——能乐表演时所佩戴的面具，种类繁多，有一百多种，每种都有各自的名称。能面常以柏木为材料，经雕刻后用彩色颜料上色，再精雕细琢而成。一副能面常被制成所谓的中间表情，从不同的角度观察会有不同的变化。

每天都会收到空信封，邮戳的日期当然都不相同。您每天都在留意是否有案件或事故的新闻，如果出现了合适的新闻，您就会在相应的信封中放入写有预知内容的信，信封上的邮戳日期则是新闻播报之前的日期。然后您仔细地封好信封，直接把它带到了编辑部。"

"直接带到编辑部？"

"只有这种可能性了啊。"

"那要怎么突破安保系统？这么轻松就能潜入出版社吗？"

"大家都忙于自己的工作，没人会去关注其他人。只要把信随便放到编辑部里空的地方，比如书架上呀，桌子上呀，然后立刻离开就行了。这封信总会有人发现的。"

"怎么瞒过保安呢？他们的工作就是专门关注其他人啊。"

"神崎女士可能从什么渠道入手了访客徽章。"

"访客徽章？"

立花所说的是一种红色的塑料徽章，上面有出版社的名字——秋花舍。只有经前台确认了身份之后才能获得这种徽章。秋花舍工作人员以外的人在进入出版社时，必须把徽章佩戴在衣服的显眼位置。

反过来说，只要戴上这个徽章，就算一整天在出版社里转来转去，都不会有任何人来盘问。

"有很多人忘了还徽章，戴着徽章就回家了，其中有一些可能就外流了。神崎女士，您有拍卖网站的账号吧。莫非您就是在网站上竞拍到了徽章？"

"这种东西根本没法放到拍卖网站上。"

"这就不知道了。我也看过拍卖网站，什么东西都能放到上面拍卖。"

"可是拍卖访客徽章有点离谱啊。这是在偷盗公司的备品吧，网站的管理员肯定会把它撤下来。"

"管理员和竞拍人可不知道这东西是不是被偷盗的。"

"的确，但是……"

阵内拼命想要推翻立花的推理。他心中确实想祖护神崎，至于为什么要祖护她，他自己也不清楚。明明只要相信立花的话，一切就都解释得通了。

莫非他对神崎产生了共情？

"我并不知道这种徽章。"神崎一开口就坚定地否认，"而且，也没有任何证据证明我使用了这种手法。"

立花并未回答神崎的话，他对阵内说："阵内先生，我的推理没有任何证据，而她的预知能力充满着神秘色彩，您信哪一个？"

"我……"阵内回答不上来。

神崎说："阵内先生，您说过您相信我的能力。"

立花长叹一声："因为阵内先生非常善解人意，只是在乎你的感受才那么说。"

"喂……"

"难道不是吗？"

阵内没能回答这个问题。

"您要如何才能相信我的能力是真的呢？"

"我刚刚说过，这里有很多人，您就别再通过信件这种拖拖拉拉的方式了，请您现在就在这儿告诉我谁会死。"

神崎看着阵内，小声地询问道："我可以说出来吗？"

看那神情，她似乎要哭出来了。

"神崎女士……"

神崎闭上双眼，轻叹一口气，低下了头。不一会儿，她猛地抬头看天，又叹了一口气。她的头发随着她的动作而摇曳，在阵内看来，甚至她周遭的空气都在摇曳。

神崎的脸庞淌着两行泪水。

她说："大家……都会死。"

立花面如土色。

"大家？说的是谁？是这家店里的人吗？"

面对阵内的疑问，神崎摇了摇头："不是，是街对面的人。刚刚通过那儿的时候我感受到了。"

说完，神崎望向了马路对面。

是他们刚刚走过的那家电影院。

为了观看晚场电影，许多年轻人正排着队……

阵内感觉自己脸上的血色正在褪去。

"应该是电线短路了。我看到了火花四射，感受到了热气，还能闻到烧焦的味道。许多人一窝蜂地朝出口涌去，但成功跑出去的只有一小部分。大家都在浓烟之中倒下了……"

"什么时候？"

"今天深夜——准确地说，应该是明天凌晨。"

"荒谬！"立花嘀咕着，声音在微微发抖。

阵内不由得站起了身。神崎抬头看着他，说："没用的，一切都已注定，没办法改变。"

"可是……"

立花喃喃地说："她只是在虚张声势。"

神崎坚定地看着立花的眼睛："明天您就知道我是不是对的了。这是一场空前的灾难，肯定会成为爆炸性新闻。"

阵内摇摇晃晃地离开了咖啡店，往马路对面的电影院走去。

阵内的举止或许让立花慌了神，他将空咖啡杯塞进垃圾箱，赶紧追上阵内。

立花抓住了阵内的手腕："阵内先生，您别过去。"

"放手。"

"您去了要干吗？要对排队的人说'你们要死了，赶紧回家去'？"

"我说让你放手！"

"您就算说了，也不会有人相信，搞不好还会把警察招来，这就得不偿失了。您是公众人物，这会成为丑闻的。"

"阵内先生……"

听到神崎在叫自己，阵内转过了身。

神崎喃喃地说："所以我才不想说出来。"

阵内进一步询问："你说那家电影院会发生火灾，大家都会死？那我去阻止他们看电影就行了，这样他们就能得救。"

听着阵内的话，神崎静静地摇了摇头。

"但是……"

"我也这样想过，因此好几次都尝试去阻止。我给您写了信，告知了里美小姐的死亡，但一切都是徒劳。"

"你不认为会有例外？"

"例外的情况原本就不存在。人都会在某个时刻死去，我所能做的只是辨别出死期将至的人，而死亡本身是没人能干预的。"

阵内呆若木鸡地站着。立花在他耳畔低声说："您该不会是相信了吧？"

阵内喃喃地回答："那你是不相信喽？"

"怎么可能相信，这完全就是一出闹剧。我们三个成年人竟然在讨论这种事，愚蠢透顶！"

阵内靠近神崎。他已经不知道该怎么做了。

神崎抬头看着阵内，眼神中透露着乞求："对不起。我知道您会混乱，所以本打算不吭声的。但都是那个人挑拨，我忍不住就说了出来。"

"你没必要道歉。立花说了些让你不快的话，我对此表示歉意。他只是想出一种可以制作那封信的方法，便得意忘形了。"

"阵内先生……"

立花的声音透露着些许不安。阵内转过身，刚刚还在用自信满满的声音推理的立花，此刻已经不见丝毫神气的模样。

"明天就都知道了。"阵内说道。

*

三桥经常跟千夏约在这家情趣旅馆，今天是在502号房。这个房间配有卡拉OK点唱机，千夏很是喜欢。房费自然是三桥出的，一晚九千日元。三桥有会员卡，能优惠五百日元，所以付给前台的一共是八千五百日元。

无论是九千日元还是八千五百日元，房价并不算贵。但是三桥作为一个自由打工人，并不能大手大脚地乱花钱。他原本希望入住八千日元一晚的302号房，但被千夏冷冷地否决了。

千夏说等下次她拿到工资了就由她来请客。尽管她挣得比三桥多，但三桥并不希望她养成一种优越感。况且助手的工资有多少，三桥心里也有数。

在蓝色的灯光下，三桥说道："阵内龙二大作家的状态如何？"

"状态如何是什么意思？"

"他现在正在低谷，肯定很烦恼吧？"

千夏嘟起嘴唇："才不是低谷，只是读者排行榜的名次稍微下降了而已。"

"这不就是低谷吗？"

三桥拿起了电视遥控器。2频道在放成人影片，不过应该也有其他电视频道。三桥随意按着遥控器。现在是清晨，每个电视台都在播放新闻。他稍微调高了电视的音量。他原本就对新闻的内容不感兴趣，只是当作背景声播放着。

三桥在丸林超市打工时一直思考着那个计划，现在他决定把计划的一部分告诉千夏。

他小心翼翼地开了口："千夏？"

"怎么了？"

"下次把我介绍给大作家吧。"

"好，可以啊。"

"真的可以吗？"

没想到千夏非常爽快地答应了，这反而让三桥有些扫兴。

"你是《行星轨道》的忠实粉丝啊，我一直在想什么时候在阵内老师面前介绍你。"

"好吧……"

"老师现在不只工作忙，还有很多私事要去处理。不过，只要提前跟他说好，应该就能在他没安排的某一天见到。你应该只想要签名和握手吧？你该不会也想当他的助手吧？"

"怎么可能嘛。"

"嘿嘿，三桥啊，海乐欣死了让你很是郁闷啊。你想自己成为助手后亲自画海乐欣，这个想法也不奇怪嘛。不过这是不可能的。所谓的助手，就是帮老师工作的，可不能对老师指手画脚。况且，就算你想要帮忙，你也只会涂黑吧？嘿嘿……"

涂黑就是在勾线完成后把指定的区域涂成纯黑色。确实，如果只是涂黑，三桥应该也能做。

"不过这应该也不行。你总是笨手笨脚的，要是把原图弄坏了，肯定会被炒掉。"

"哼，竟然看不起我……"

三桥脸一绷，把头转向了别处。

"对不起嘛，真是的……"

千夏调皮地碰着三桥的身体。三桥觉得碍事，便钻到了毯子里。千夏便隔着毯子，一边娇滴滴地叫着三桥的名字，一边摇晃着他的身体。三桥忍耐片刻后，只听见千夏怏怏不乐地说了一句"没劲"，身体的摇晃便停止了。

三桥在毯子中左思右想。

阵内龙二——究竟该怎么杀死他呢？只是杀人倒也不难，但被逮捕了就没意义了。要不做个简易的炸弹包裹给他寄过去？网上应该能搜索到相关的资料。但是这个方法并不保险。显然，"简易的炸弹包裹"的杀伤力应该不大，而且要考虑到阵内会不会亲自打开——粉丝送来的可疑包裹很有可能会由编辑部事先进行检查。

怎么办？在深夜的一片漆黑之中从背后袭击他？

"哎呀，好吓人！"

他听到了千夏的声音。

三桥以为千夏在对自己说话，便慢吞吞地从毯子里探出了头。然而，情况并非他所想的那样。

千夏的目光死死地盯着电视屏幕。

刚才调到的频道正在播放新闻节目。

"发生火灾了？"

"嗯，好像是。听说是在电影院，好可怕啊！"

屏幕上的字幕写着"直播　横滨市鹤见区"。三桥没去过那里。

"这里的电影院是设置在地下的。通往外面的楼梯包括安全出口在内一共有三处，每一处都非常狭窄，只能勉强错身通过。

这家电影院是家老店，防灾管理是否到位目前还有待进一步的调查。火灾发生时，影院的一百三十七个座位基本都被埋没在火海之中。"

一名经常在电视上看到的男记者正在同演播厅连线，镜头正在拍摄电影院的外墙。镜头往上移动，只见外墙上写着电影院的名字。画面切换到了演播厅，一男一女两名主持人神色悲痛地与记者交谈着。画面再次切回到了直播现场。

电影院旁边的开放广场被一张蓝色的幕布挡住了。幕布的那一边有什么呢？也许正摆着一排排的遗体吧。三桥在脑海中想象着：这些人估计都是吸入浓烟致死，尸体的损伤并不太严重。他一个一个地确认长相，发现了阵内的脸。

最应该死的就是他！

"啊！"

千夏叫喊了起来。

"怎么了啊，这么大声。有人死了你这么开心吗？"

"不，不是的。这个位置，你看……"

千夏指着屏幕。

"什么啊？我看不见。"

她说："拍到老师了。"

"什么？"

"拍到阵内老师了。"

三桥朝着千夏所指的屏幕上的位置看过去，目光仿佛都要被吸进去了。那是一堆看热闹的人，还有人对着镜头比胜利手势。混在人群中的是——

"阵内龙二？"

他身高大约有180厘米，身穿黑色的长裤和外套，里面配着一件灰色的衣服，像是一件T恤。

这么说来，这跟之前在杂志上看到的阵内很像。

"他为什么会在这种地方？会不会是跟他长得像的人？"

"不，那件衣服就是老师的啊。"

三桥凝视着屏幕上的阵内龙二。

阵内从外套的内层口袋里取出了手机，在上面按着什么。

这时，画面切回了演播厅。

"关于本次火灾的详细情况，我们将持续跟踪报道。接下来是早报要闻。"

屏幕上出现了许多报纸，《朝日新闻》《每日新闻》《读卖新闻》《产经新闻》，以及各类体育报纸。播音员正在一一讲解报纸中的报道，比如，官房机密费[1]的公开问题啊，美国职业棒球

---

1 官房机密费：在日本，为使国家事务能够更加顺利、更加有效地执行，根据当前的任务和状况做出最适合当下情况的判断，视此判断而灵活使用的经费即为官房机密费。其支出全权由内阁官房长官掌控，用途主要分为政策推进费、情报调查费和活动关系费等。

联盟有何状况啊，某艺人闪电离婚啊……

三桥说："那家伙究竟在那种地方做什么呢？"

"不要称呼老师为'那家伙'。"

千夏鼓着脸蛋，仿佛是一只河豚。

她怎么会知道呢？她眼里的"老师"对三桥来说是憎恨的对象。然而，三桥从未想过竟然能在显像管的彼端看到这张令人憎恶的脸。

*

火灾现场的明火已经被扑灭了。淡淡的白烟正从建筑物里袅袅升起，昭示着几小时前在这里发生了一桩惨剧。看到火灾的残存景象，阵内心里感受到了一股微微的寒意。

不，这哪里是残存，分明早就有了预兆。

那便是神崎的预言。

在神崎预知到电影院的火灾之时，阵内便觉得她的预言一定会变成现实。他没有客观的凭证，靠的只是自己的直觉。

一切如同预言所示。

可是，他什么都没做。阵内感受到了强烈的悔恨，但他也完全不知道当时应该怎么做。现在他已经无法忍受。他恨神崎。这种事情即便被预知到，也只会造成困扰。

阵内在围观人群的最前端找了个位置，关注着消防作业的善后工作。

各大媒体不知从什么地方听到了相关消息，已经有好几辆转播车赶到了现场。一名经常在电视里看到的记者单手拿着话筒，正面对着镜头说着什么。看来这则新闻在接下来的一周都会成为热门话题。

电视台的工作人员在仔细拍摄了电影院和成排的遗体后，将镜头移向了阵内所在的方位。

阵内告诫着自己不要在意镜头，这里人这么多，而自己平时又不在公共场合露面，即便这段影像在电视上播放了，也不会有人认出他。

阵内从外套的内层口袋里取出手机，一边拨打通讯录里立花的电话，一边离开了人群。

"喂？"

立花立刻接了电话。

"我是阵内，我现在就在现场。"

"是在那家电影院吗？"

"你已经知道火灾的事了？"

"我有点在意神崎说的话，于是没睡着，电视一直没关……阵内先生，那您呢？"

"昨天我先回了一趟家，坐立难安。神崎说过'今天深夜——

准确地说，应该是明天凌晨'，因此当时针指到十二点时我就离开了家，打了辆车来到这里。我来的时候就已经……"

"这样啊……"

立花的嗓音很沉重。昨天他追问神崎时表现出来的挑衅态度，如今已经无法从这副嗓音里感受到。

立花说："这不是您的错。"

阵内苦笑道："这是自然，也不是你的错。你压根儿就不相信神崎的预知能力，这也很正常。任谁突然听到那番言论，都会觉得是在瞎扯。况且，你和神崎还是初次见面。我跟她都见了三次了，起码比你要多了解那么一点点，所以我相信她的预知能力也不足为奇。"

"阵内先生，我想出了能制造那封预言信的方法，所以有点得意忘形。后面必须得向她道歉啊。"

"没关系的，神崎不会在意这种事。她自己也说过，她已经习以为常了。"

"她的预知能力是真的吗？"

"现在谈什么真不真的还有意义吗？"

"可是啊，从常识方面来考虑，就不应该相信神崎具有预知能力，而是要去思考她对那封信做了什么手脚。这才更符合常理啊。"

阵内嗤之以鼻："可实际上那家电影院就是发生了火灾，死了很多人啊。哪门子预言会动这么厉害的手脚？你知道我昨天回到家后最先做的事是什么吗？"

"不知道。"

"我往盆里倒满水，把神崎寄来的两封信泡了进去——不是信的正文，而是信封。等了差不多一个小时，我将信封上的邮票和印有地址的标签完整地剥离了下来。标签下面什么都没写。如果你的推理是对的，那标签下面应该写有神崎家的地址吧？"

"她是用铅笔写的，肯定用橡皮擦擦干净了吧。即便留下了少许笔痕，纸张在水中泡上一个小时就会发胀，那些笔痕不就看不见了吗？"

这场讨论毫无意义。

"别说了。"

神崎的预言如今已成为现实，至于那些信件被动了什么手脚，已经是无关紧要的事了。

"阵内先生。"

"你相不相信神崎的预言已经不重要了。"

"阵内先生，您相信吗？"

立花终归是局外人，他跟自己是不同的。

无论是谁，只要亲近之人的死亡被她预言到了，那就不再是局外人。

里美……

挂断电话后，阵内在原地站了一段时间，目不转睛地注视着火灾现场。幕布被挡住的部分基本无法看到，但他还是能想象出幕布后面的情景，那便是将一具具遗体从现场搬运过来。面对电视镜头做直播的新闻报道员提到过遗体的损伤似乎不太严重。明火虽然早就被扑灭，但那时里面的人基本都被浓烟呛死了。

跟里美比起来，如此倒也甚好。

阵内开始回想。

变形的车厢里，里美活生生地被烧死。

里美……

阵内为她买的那辆车，伴随着她的容颜，被毁坏得不留形迹，一同化作了一堆漆黑的焦土。

里美……

里美的尸体甚至都谈不上是尸体。

里美……

只不过是一个有着人体形状的炭块。

里美……

"阵内先生……"

背后传来的声音把阵内拉回了现实。

阵内转过身，是神崎。

神崎的那副表情让他不由得打了个冷战。

神崎一脸茫然若失，泪水从眼睛里止不住地滚落下来，打湿了她的脸颊。

"神崎女士……"

阵内靠近了一步。

神崎摇了摇头，往后退了一步，然后掉头就走。

她往相反的方向跑去。显然，她是想逃离阵内。

阵内没去追神崎，只是站在原地，注视着她那逐渐缩小的身影。

*

三桥苦恼地想来想去，结果谋杀阵内龙二的计划还是没有任何进展。他开始着急，要是再不让阵内龙二死，《行星轨道》的人气就会越来越低。

无论如何都得尽快做决断了。

就在这时，他的眼睛停留在了房间的日历上——自然也是《行星轨道》的周边产品。

五天后就是那个日子。

决定好了……

实行谋杀的日子就定在五天后的 6 月 9 日。

有那么一瞬间，三桥已经下定决心，但立刻又改变了想法。

五天后？

这不是开玩笑。尽早杀掉他确实是最好的，但五天后会不会太匆忙了？别说犯罪计划了，他就连心理准备都没做好。

但是，选择这一天是有理由的。

在漫画里，6 月 9 日是海乐欣意外死去的日子。

《行星轨道》里有各种重要的日子。与柴姆一行人战斗的恐怖分子发动武装政变的日子自不必说，还有各个出场角色的生日。此外，每个战死的角色还有忌日。

海乐欣在可怕的第 142 话中死去，粉丝都知道她在漫画中死去的日期。

如果作者阵内龙二也在这天死了，那必然会引起广泛讨论。

引起广泛讨论——这一点才是最重要的。阵内平白无故地葬送了海乐欣虽然让三桥愤恨，但也不能仅凭憎恶之情就计划杀掉他。动机应该更具有现实性和建设性。

阵内滥用作者的特权，把作品搞得一塌糊涂。如果阵内不在了，《行星轨道》会更贴近读者，从而成为一部优秀的作品。

三桥继续独自苦恼地思索着。

*

"对了，阵内老师。我现在交往的男朋友叫三桥，他是《行星轨道》的忠实粉丝。我之前跟您提过，您还记得吧？三桥说想见见您，五分钟或十分钟都行。他只是想跟您说说话，要一张签名。这会给您添麻烦吗？如果您觉得不方便，可以拒绝的。不过他一直在我耳边嚷嚷，实在是太吵了，所以我想找您商量商量……阵内老师，您在听吗？"

千夏一边裁着网点纸，一边说话。阵内含糊其词地回应了一下。他正一边在原稿纸上给柴姆的草图勾线，一边在脑中思考着其他的事情。

几天前，他在鹤见那家电影院的火灾现场碰到了神崎。

神崎茫然地注视着阵内。

阵内无法忘记她那泪流满面、宛如冻结的表情。

她为什么会用那种表情看着自己？

她又为什么转身就走，仿佛是要逃离自己？

"老师，阵内老师——"

千夏在阵内耳边嗡嗡地嚷着。

烦死了，你把自己的工作做好就行——这句话已经蹦到了嗓子眼。

接着，千夏噗的一下鼓起脸颊，开始谈论起与男朋友全然无关的话题。

"对了，老师，您当时在火灾现场吧？"

这句话一下子就把阵内的思绪拽了回来。阵内看着她的脸："你怎么知道？"

或许是阵内的语气和神色有点恐怖，刚刚还在吵嚷的千夏像是被镇住了似的一言不发，拿着钢笔擦的右手也停止了动作。

"你为什么会知道？"

细野惊慌失措地来回看着阵内和千夏。

千夏似乎快哭出来了："呃，我，那个……"

"千夏，快给老师道歉。"细野低声说道。

他肯定以为千夏不经意间的一句话惹怒了性格乖张的阵内龙二大作家。

阵内并未理会："你所说的火灾，指的是鹤见的电影院吗？"

"是的……"

那起火灾是各类新闻节目和八卦节目的绝佳素材。记者们一方面批判电影院的管理公司在安全管理方面存在纰漏，另一方面未经允许就前往遇难者的葬礼，举着话筒采访悲痛欲绝的家属和亲友。

"你为什么会知道我去火灾现场看热闹了？"

"我在电视上看到了。"

"电视？"

"火灾发生当天的新闻里，镜头一直在拍摄火灾现场，也拍到了看热闹的人群。人群之中……"

"我在里面？"

"是的……"

阵内轻轻咂了咂嘴。那天确实有电视台的采访组在现场，也架起了摄像机。阵内当时以为即使被镜头捕捉到了也没人能认出他，现在看来他的想法有欠考虑。

"阵内老师，您竟然会去火灾现场看热闹？不会这么无聊吧。"细野插嘴道。

"嗯，我也没想到。"

"可那个时间您为什么会在鹤见呢？您没回家吗？不会是偶然间在电视新闻里看到那儿起火了，便忽然产生去看热闹的念头吧？还特地赶到鹤见去……这不像您的行事风格啊。"

"对对，没错。阵内老师就像事先知道那里会发生火灾似的，行动非常迅速——"

阵内把双手用力地往桌上一拍，猛地站了起来。拍击的力度过大，桌子发出的声音在工作室里回荡着。这气势汹汹的一幕让千夏和细野颇为震惊，两人都瞪大双眼看着阵内。

"我去睡会儿。"

留下这句话后，阵内便朝隔壁的休息室走去。

反手关上门的一刻，门后传来了细野和千夏的谈话声。

"阵内老师是怎么了？"

"自从那起事故以来，他就有点反复无常。"

"那起事故？"

他们两人本打算低声交谈，但谈话内容却被听得一清二楚。

阵内心里涌出一股冲动，想打开门继续听两人的谈话。不用说，那起事故指的就是里美的交通事故。估计细野认为阵内性情大变的原因在于他的未婚妻死了。他会这么想，再正常不过了。

不说性情，他的心境确实跟以前不同了。他把从里美之死中所受的打击发泄到《行星轨道》中，画死了女主角海乐欣。除了细野外的所有助手都离职了，读者投票的排名也在一直跌。紧接着就出现了有预知能力的人。

要是这样还能跟以前保持同样的心境，那可谓天方夜谭。

阵内躺在一张简易的折叠床上，从内层口袋里掏出手机。思考片刻后，他找出神崎的电话号码，按下了通话键。

第一声"嘟"，第二声"嘟"，第三声"嘟"——阵内等待着，然而神崎没有接电话。难道不在家？如果她在家，应该会立刻拿起听筒，就跟前几次一样。

"神崎……"

她到底是何方神圣？为什么是她？为什么不是细野、千夏或立花，而偏偏是她？

"您好……"

手机另一边传来了她胆怯的声音。

"噢，神崎女士，我还以为你不在家。"

"阵内先生……"神崎嘀咕着，"我知道一定是您。"

阵内勉强做出戏谑的语气："哦——没想到你还有这种能力。"

"不是能力，只是我的直觉。"

"是吗？"

"因此接这个电话需要勇气。"

"你说什么？"

"阵内先生，我们别再见面了吧。"

"神崎女士……"

"我不会再往编辑部寄信了，也不会在您的面前直接告诉您预言的内容。所以，请忘记我吧。"

她强行把人拉入局，却要在中途撒手不管了吗？算了，阵内也不想再管了，随她去吧。

"神崎女士，那晚你也在火灾现场啊。"

"对，我非常在意火灾的情况。到达现场后，看到您也在。"

"我也坐立难安。但这证明了你的能力是货真价实的，根本没办法在邮戳上动手脚。"

"这已经不重要了……"

"如果不想再见了，我也理解，但还是请你告诉我最后一件事。"

"什么事？"

"在火灾现场时，你为什么转身就走，就跟要逃离我似的。究竟发生了什么事？"

神崎没有立刻回答。

阵内等着神崎开口，但是……

"神崎女士？"

她在抽泣。

她呜咽着说："都是我不好，都是因为我出现在您面前，才会……"

"你究竟怎么了？"

"不行，这件事就让它结束吧……"

阵内不明所以。她究竟想表达什么？

神崎继续在听筒的另一边哭泣。

哭声和记忆中她的那张脸联系了起来。

那晚。

在火灾现场。

神崎看着自己，静静地哭泣着。

然后她转身离去，仿佛在逃离。

——我们别再见面了吧……

莫非……

"神崎女士……"

阵内叫了好几次。他清楚地意识到自己的声音在颤抖。

"莫非我会……"

"不要……请别再说下去了。"

"神崎女士，请回答我。"

然而，神崎并未听从他的请求。

"再见了……"

神崎喃喃说着，挂断了电话。

阵内茫然地握着手机，在心中反复询问自己：我会……死吗？

他茫然地走出休息室。他什么都无法思考。他无法思考正在画着的漫画原稿，也无法思考自己或许将迎来死亡。

阵内感觉到有人在看他。

细野和千夏正注视着他，满脸疑惑。

"阵内老师，您的脸色不太好看。您没事吧？"

细野……他一直在协助阵内的漫画工作。画死海乐欣后，助手们几乎都离开了，只有他留了下来。他的技术无可挑剔。他还有与编辑的这层关系，如果他有自己原创的点子，出道是很简单的事。

阵内冲动地说："细野……"

"怎么了？"

"如果我死了，《行星轨道》就交给你了。"

"什么……"

细野似乎并未听懂阵内的话，一副不知所措的样子。

*

"你不用紧张。"

三桥心不在焉地听着千夏说的话，抬头看向公寓。

阵内在四楼最左侧的窗户里。

虽然他已下定决心在6月9日，也就是海乐欣忌日这天杀死阵内，却没想到一转眼就到了计划实施之日的前夕。

明天太仓促了。三桥知道阵内平时工作繁忙，但还是觉得应该早点见面以便计划能顺利实施。

千夏按下了电梯的上行按钮。

"不过阵内老师心情可能不太好，他最近压力太大了。虽然不至于怒斥着赶你走，但他待人有点冷冰冰的，你可得忍耐呀。我昨天问过老师能不能带男朋友来，他只是心不在焉地点了点头。今天说不定已经忘了这回事。"

"不愧是画死海乐欣的作家老师，情绪果然不稳定啊。"

"喂，三桥，刚刚这句话在我面前说就算了，在老师面前可千万别这么说啊。"

"怎么可能说。"

"他最近情绪有些失控，昨天最离谱了。我就是在这种情况下，见缝插针地跟他约好要带你来。如果他还像昨天那样，该怎么办啊？"

"为什么昨天最离谱？有什么导火索吧。"

"嗯，好像是在休息室里跟谁打了电话……啊，电梯来了。"

两人进入了电梯。三桥抬头看了看天花板，上面设有监控摄像头。走廊里可能也设了监控，周围也有其他居民的眼睛。看来在这栋公寓里谋杀阵内并非上策。

"阵内大作家应该不会在这工作室里过夜吧？"

"嗯，忙的时候会过夜，但他一般都是回家住。最近不太忙，晚上基本不会睡在工作室。"

阵内龙二不太忙，肯定是因为他被粉丝和漫画界抛弃了。千夏说他情绪似乎不太稳定，看来他才思枯竭只是时间问题。要是那时再动手可就晚了。

趁着阵内龙二还挂着"人气漫画家"的名号，得赶紧杀死他。时间就定在海乐欣的忌日——6月9日。

虽然有些操之过急，但没时间再等上一年了。只需在杀死他后立刻向《周刊Internal》编辑部寄出一则犯罪声明，而寄信人自然是海乐欣：阵内龙二杀死了我，为了复仇，我也杀死了他。本声明来自漫画中的角色，而这个角色在漫画中已经死了，所以此信是她的幽灵所寄。

这肯定会引起广泛讨论。电视里的八卦节目连续几天都报道了鹤见发生的那起电影院火灾事件，该事件的死亡人数为八十四人。阵内的死亡会比这起事件更具有话题度吧。人气漫画家被自己漫画作品中的角色杀死了——很少有事件能像这样引起人们的兴趣吧。

事件越具有话题度，越吸引人的注意，那么海乐欣复活的可能性就越高。

"他是怎么回去的？开车吗？"

"不是，他之前是开车往返工作室的，但自从未婚妻死后，基本就是搭电车或公交车了。"

"未婚妻？"

"看来你不知道啊。阵内老师的未婚妻在一起交通事故中去世了。她开车撞到了护栏，车子严重损毁，还烧了起来。"

"啧啧啧。"

三桥第一次听说这件事。这是阵内画死海乐欣所受到的惩罚，不过事情发生的先后顺序似乎反了。

"传闻都在说，未婚妻之死对阵内老师打击很大，于是他就画死了海乐欣。"

无聊……这段很扯的传闻充分展现出了阵内龙二这个男人的愚昧。

这么说来，如果他的未婚妻没有死于意外，那么海乐欣就不会死了吗？

太愚蠢了，怎么能把私人情感带到工作里来。

总之，阵内龙二会独自步行回家，这倒正中三桥的下怀。他只需尾随阵内龙二，等到了人烟稀少的地方就可以把他杀了。

走出电梯，尽头处的房间便是阵内的工作室。门牌上用马克笔写着"阵内龙二"。千夏按下对讲机，报上了自己的名字。

不一会儿门就开了，一个男人出现在眼前。有那么一刻，三桥觉得他是阵内龙二，但此人跟火灾现场的他一点都不像。

这个男人外表轻浮，头发染成了褐色。

千夏向三桥介绍道："这位是细野先生，算是总助手。"

"初次见面，你好。我哪里是什么总助手啊，没那么了不起。助手本来就只有我和小千两人。"

小千？竟然这么随便地称呼别人女朋友。

从细野说话的语气来看，他似乎很擅长与人交谈。

三桥感觉细野正反复打量着自己，仿佛从头发丝一直观察到了脚指头。他是在品鉴千夏的男朋友吗？

"突然来访，不知有没有打扰到你们？"

三桥说了违心的话。他可不想因为忘了礼节而被人打上"不合格成年人"的标签。

细野说："没有，没关系的。就算再忙，一个小时还是能腾出来的。我们现在并没有全盛期那么忙。"

全盛期……《行星轨道》的人气跟以前相比果然还在下降啊。

三桥被领进了工作室。

房间的中央排列着书桌。三桥想起了小学时的开饭时间。每个小组会把桌子拼到一起，这样一来，就会与旁边座位的同学面对面吃饭。这个房间里有五张书桌，其中四张就按照这种方式排列成了长方形。剩下的那张书桌相对于另外四张转动了九十度。如果把四张书桌比作躯干，最后一张书桌就是脑袋。

脑袋，头，头——三桥直觉上认为那是阵内龙二的书桌，然而房间里并没有看到人。

千夏说："老师在哪儿呢？"

细野不耐烦地用手指了指对面那扇门。门那头的房间里确实有人在，三桥能听到门的另一边不断传来响动和沉闷的说话声。

细野压低声音说："阵内老师最近不太对劲。"

"嗯，不过作家的状态就跟波浪一样，现在刚好在低谷吧。"

听完千夏的话，细野摇了摇头："不，事情没有这么简单。我觉得老师一定是藏了什么秘密。"

"你这么确定？"

"你想啊，立花编辑不也说过吗？老师私底下见了个奇怪的粉丝。"

三桥不禁嘀咕着："奇怪的粉丝？"

细野进一步压低声音："对，听立花先生说，那位粉丝能预知未来，似乎成功预言了阵内老师的未婚妻死于意外。"

预知未来？

愚蠢透顶。这种传言不可能是真的。自称有预知能力的人不胜枚举，但所谓的预言基本上都是偶然发生或是牵强附会。若是回想起流行于20世纪的诺查丹玛斯大预言，立刻就能明白。

就在这时，门开了。

"啊，老师。"

阵内龙二出现在众人面前。

在火灾现场的新闻影像中出现的男人，此刻就在眼前。

他顶着一头乱蓬蓬的卷发，胡子拉碴的。衣服有些脏兮兮，但或许是身材高大的缘故，反而显得很有派头。是这样吗？还是只是"阵内龙二"的名号给人造成了先入为主的印象？

三桥的心扑通扑通地跳着。与人初次见面时，他总会很紧张，然而之前的情况都无法与这次相提并论。一方面，站在三桥面前的这位漫画家创作了让他无比着迷的作品；另一方面，三桥又在实打实地制订着谋杀他的计划。

两人的眼神交汇在一起。三桥的身体不由得缩了缩。

他究竟能不能杀掉阵内呢？

千夏向阵内介绍："对了，阵内老师，这位就是前段时间跟您提过的三桥。"

三桥不知该寒暄些什么，便低头行了一礼，并致以初次见面的问候。阵内也默默地回敬了。

阵内抬头看了看墙上的时钟："我过会儿要出去一趟。那篇稿子完成后你们就可以回去了。别忘记关门窗。"

然后他把目光移向三桥，冷淡地说："你是要签名吗？"

三桥回过神来。他翻了翻背包，从包里拿出彩纸和《行星轨道》第一卷的单行本，然后一边鞠躬一说道："有、有劳您了。"

阵内的语气相当生硬："两张都签吗？"

"是、是的。拜托了。"三桥又鞠了一躬。

"要画些什么呢？"

三桥调整着呼吸，对阵内说："请画海乐欣。"

这次没有结巴了。

两人移步到了旁边的房间，似乎是一间接待室。他们在沙发上没坐多久，千夏便端来了茶水。三桥的眼睛死死地盯着阵内手上的动作。

阵内手握签字笔，平滑地运着笔。与此同时，海乐欣的形象逐渐跃然纸上。她正朝着三桥微笑，头发随风飘扬。

三桥感觉自己的眼泪都快流出来了。他正见证着海乐欣的诞生。

一旁的千夏饶有兴致地伸着脖子窥探，并不是在看阵内的画，而是在确认三桥的反应。千夏对阵内作画的模样已经习以为常。

"好了，满意吗？"

"满、满意。谢谢您。"

虽然只是用签字笔随意画的速写图，但这幅图还是充分展现出了海乐欣的魅力。

签完单行本后，阵内深深地陷在沙发里，然后哑地呷了一口茶水。

细野不知什么时候也出现了，在一旁看着阵内的签名。他突然想起了什么，便问一旁的千夏："你还不去工作吗？"

在千夏回答前，阵内嘀咕着："工作啊……"

"阵内老师，剩下的部分只用贴上网点纸处理好灰色调，就能把稿子交给立花先生了。接下来那一话的名字已经想好了吧？勾线已经完成了吧？昨天您已经把那一话的草稿打好了。"

"那你们就去处理网点纸和修白。立花明天就会来拿稿子，下一话的勾线也可以明天再做。今天的稿子都完成后就能回家了。"

"我们现在还有海乐欣画集的项目正在进行，这么早回家没关系吗？趁还有时间，要不要多做一点？"

陣内有气无力地说："不用了……"

"海乐欣的画集——"三桥嘀咕着。他还是第一次听说这个。

千夏说："你肯定会一次性就买两三本吧？"

"画集是什么？"

"把迄今为止在《行星轨道》中出场过的海乐欣的原画重新修改并收集成册，画册中还收录了新画的作品。如果标上'海乐欣追悼纪念画集'的宣传语出售，像你们这样的粉丝一定都会前来购买。"

"会出售这种东西啊……"

"怎么？你不高兴吗？"

如果出版这种书，三桥估计会买的，但也仅限于买了。这种投机取巧的插画集并不能抚平粉丝们失去海乐欣的伤痛。就会出版这种糊弄人的玩意儿，却对不负责任地画死海乐欣一事不做任何解释。真要如此敷衍地对待粉丝吗？

肯定是为了赚钱。渴求海乐欣的粉丝们一定会争先恐后地购买，然后便是加印、加印、再加印，如此反复……

陣内一定是为了卖插画集才杀死海乐欣的。漫画中的角色对他而言只是赚钱工具，他掌控着角色的生杀大权。

"三桥，你怎么了？一脸不高兴。"

三桥冷冷地回答千夏："没什么。"

三桥瞄了眼阵内，只见他正坐在沙发上呷着茶水，苍白的脸上毫无表情，无法看透他在想什么，也看不出他工作有多忙。他对助手也很冷淡，让他们画完稿子就回家。当然，三桥丝毫不清楚阵内的工作方式。然而，阵内龙二是著名漫画家，稍微喜欢漫画的读者都知道《行星轨道》。

既然如此，这间工作室里懈怠的气氛是怎么回事？

三桥曾在一部电视纪录片中看过某位漫画家的工作室，他跟阵内一样受欢迎。虽然片子里有一定程度的摆拍成分，但那名漫画家和助手们都在伏案工作，挥笔在稿子上作画。换言之，他们看起来很忙碌……

阵内看了看手表，说："你是叫三桥吧？"

"是的。"

"找我就只是为签名的事？那就差不多了吧？我现在得出一趟门。"

阵内说完便站起了身。

千夏打趣地询问："老师，您要去哪儿？不会又要去找那个粉丝吧？"

阵内像是威胁人似的说："难道我做什么事都得向你汇报？"

千夏打了个激灵，带着哭腔向阵内道歉。

细野也说道："可是我们用网点纸处理灰色调还需要您的

指示。"

阵内夸张地叹息一声:"细野——你当多少年总助手了?"

"有四年了吧。"

"跟我画了四年的《行星轨道》,处理网点纸还必须我在场?"

"常规角色我还能自己搞定,但这一话有新角色出场,我觉得还是得听听您的意见……"

"你随便用网点纸贴贴就行。"

"您说什么?"

"听不到吗?我让你随便贴。"

细野有点无语地耸了耸肩,说:"好,我明白了。"

这男的实在是太蛮横了,简直就是在拿助手们消遣。

真的是这个男人创造出了海乐欣?

"阵内老师……"三桥开口了。阵内看向三桥,目光交汇时,三桥不再畏缩了。他下定决心,继续说道:"我好不容易见到您,想跟您再稍微聊一会儿,不知道您方便吗?"

阵内眼神凌厉地瞪着三桥,冷冷地说:"时间不长就没问题。"说完,他便动作粗鲁地坐在了沙发上。

千夏和细野回到了对面的房间,应该是按照阵内的吩咐去完成原稿了。三桥本想让他俩也待在这儿,但在打算叫住他们时已经晚了。

他打开了话匣子："我喜欢您画的《行星轨道》，从第一话开始就一直在追《周刊Internal》上的连载，买的单行本也全都是初版。"

阵内听着三桥的话频频点头，仿佛他所说的是理所当然的。那嚣张的态度让三桥甚是厌恶。

"我能问您一个问题吗？"

"请便。"

"您为什么要让海乐欣死呢？"

阵内的脸立刻沉了下来。恐怕他之前已经反复地多次被人纠缠着询问这件事了。

阵内随便敷衍了一句："我厌倦了。"

"厌倦了？是因为这个角色从最开始就出场了？要是这样的话，主角柴姆的出场时间一样，为什么不让他死，而是让海乐欣死呢？"

"我是为了让故事有新的剧情发展，不得已而为之。"

"新的剧情发展？这是什么意思？"

"如果受欢迎的角色死了，就会给故事增添紧张感。"

给故事增添紧张感？胡说八道。他到底在说些什么啊。正是因为有海乐欣，《行星轨道》才能在四年时间里维持着紧凑的剧情，从未让读者觉得不过瘾。也正因如此，《行星轨道》才深受欢迎。

如今，在海乐欣死后，无论是剧情紧张度还是作品人气度，都一落千丈。这么浅显的道理阵内为什么就不懂呢？

　　不，他应该是知道的，毕竟他是作者。

　　三桥本想指出这点，却被阵内抢先一步。

　　"话说回来，你也太缠人了吧。"阵内不耐烦地说道。

　　当然缠人啰。三桥可是《行星轨道》，不，是海乐欣的忠实粉丝。

　　"海乐欣死了，粉丝都很沮丧。"

　　"关我什么事。"

　　显然，阵内越来越不高兴了。

　　三桥狠狠地盯着阵内。他现在情绪激动。他在丸林超市的副店长面前常常被吓得无法说出真心话，但在初次见面的阵内面前却能坦率地说出这番话。一言以蔽之，这是因为阵内太不像话了，已经超出了三桥的想象。他像对待奴隶一般对待助手，对待粉丝也很粗暴。

　　如果阵内是彬彬有礼的绅士，恐怕三桥会紧张得语无伦次，想杀他的念头说不定也会急速消散。

　　然而，三桥想杀死他的冲动如今已达到顶点。他甚至觉得有了一种使命感——自己必须杀掉这个男人。

　　"如果海乐欣不出场，《行星轨道》的人气就会一直下降。大多数读者是喜新厌旧的，作品稍微无趣便会轻易抛弃。我实在是太喜欢这部漫画了，想继续看下去。但是，要继续看下去的话……"

"那就别看啊，又没人要求你这家伙看。"

连"你这家伙"都蹦出来了。

作品稍微有点人气就开始翘尾巴了？一旦对他说了些真话，他就会不高兴。明明一点礼数都不懂，摆出的态度也自大到不可一世。

摆什么臭架子啊……

阵内继续说着："你这种家伙最让我火大。真烦人！你就跟站在云端俯瞰整个漫画行业似的，竟然还对别人的工作挑刺儿。你以为你是谁？你有资格对我的工作说三道四吗？你平时是做什么工作的？你都是百分百完美地处理了你的工作吗？做出了什么成绩吗？说啊！"

"我只是个自由职业者，没什么成绩。"

阵内嗤之以鼻："自由职业者？别再悠悠哉哉地看漫画了，赶紧去找个班上吧。如果不想去上班，那就去死。"

三桥的拳头颤抖着。这厮说了不该说的话。

三桥确实是自由职业者。与他年龄相仿的朋友们纷纷找到了工作，在这种环境中要说不焦虑、不内疚是不可能的。但是，三桥也是有自尊的。他尽可能地尝试在阵内面前保持彬彬有礼的态度，但阵内为什么要这样对他？

三桥瞪着阵内，鼓足勇气说："我想杀了你……"

听到这句话，阵内一瞬间蒙了，神情又逐渐变为错愕。他面色铁青，宛如死人。

三桥没有去看阵内的表情。他先是感到气愤，此刻则缓缓转变为疑惑。

为什么？阵内为什么会对初次见面的他说出"去死"这种粗暴的话？况且他还非常喜欢阵内的漫画。另外，这个毫无顾忌的男人为何在听到"我想杀了你"之后，情绪有如此波动？

阵内那面色铁青、死人般的脸上一下涌上了血色。

然后，他说道："是你？是你要杀我？"

三桥没明白他是什么意思。

阵内站起身，走到三桥身边。三桥身体僵硬了，心底有个声音正告诫他：快跑。阵内的双手朝着他的脖颈逼近。他想躲开，但一切都太迟了。

阵内抓住三桥的脖颈，将他整个人提了起来，接着前后左右地晃动着仅凭脚尖站立的三桥的身体。三桥的头就像木偶似的来回摇动。

"你想怎么杀我？说！快说！"

阵内的脸庞就在眼前。他的双眼透露着胆怯，仿佛在被什么东西步步紧逼。

"放手，别碰我。"

三桥挣扎着。他原本打算发声制止阵内，但阵内听不到他的声音。他的脖颈被阵内抓着，身体任凭阵内摇晃。反抗的话语只能像蚊子声一般，无法被听到。

"老师，请住手。"

听见骚动的千夏和细野立刻赶了过来。

"啊——！"

阵内怪叫一声，用力把三桥推开。三桥的后脑勺撞到了墙壁，眼前直冒金星。他蹲坐在地，忍耐着突来的疼痛。

怎么回事？这个男人究竟是怎么回事？他如此迷恋《行星轨道》，如此渴望海乐欣，而创造出这一切的竟是如此无用的男人？

可以杀掉这个男人。他能杀掉这个男人，并且不会受到任何良心的苛责。

阵内龙二……

三桥忍耐着后脑勺的隐隐疼痛，缓缓抬起头瞪着阵内龙二。阵内火气似乎还没消，仍是一脸愤恨。细野的表情则显出满满的困惑。他将双手放在阵内肩上，这样就算阵内再度失控也能立刻将其制止。千夏无声地抽泣着，那张原本就丑陋的脸更加丑陋不堪。

三桥的目光与阵内的交织在了一起。

阵内说："什么时候？"

杀死阵内的时间是……

"你要什么时候杀我？"

三桥脱口而出："6月9号。"

海乐欣的忌日……

千夏低声说："三桥……"

至于细野，则愣在了一旁。

"我要在6月9号杀了你。今天是来踩点的。"

三桥斩钉截铁地说着，像在倾吐，又像在呐喊。他情绪昂扬，觉得浑身的血液仿佛被置换成了冲动与愤怒的混合液体。

杀了他，杀了他，杀了他……

"老师……"

阵内拨开了细野的手，走到三桥身边。

三桥继续蹲坐着，抬头看着阵内。从这个角度看去，阵内的身形比丸林超市副店长的身形还庞大。然而，三桥丝毫感觉不到恐惧。他狠狠地盯着仿佛在天边的阵内。

就在这时……

三桥在视野中捕捉到了什么，与此同时，身体受到了猛烈的撞击，紧接着便朝后飞去。千夏和细野似乎在叫喊着什么，但他听不清。他花了好一会儿才意识到，阵内朝他脸上踢了一脚。

三桥忍着疼痛，睁开了眼，感觉鼻子下面有东西在流淌。

他战战兢兢地用手一摸，指尖被鲜血染红。阵内把他的鼻血都踢出来了。这正合他意。不，他甚至希望被打得更痛，如此一来，想杀掉阵内的念头便绝无可能再平息。

——没关系，我可以杀了他。我可以杀了这个男人。

"来杀我试试？"

头上传来了声音。阵内的声音。

"老师……"千夏怯生生地嗫嚅着。

阵内并未回应。他故意踏出响亮的脚步声，离开了房间。

"究竟是怎么回事啊……"细野喃喃地说道。

*

阵内从工作室里飞奔而出，走在高轮的街道上，准备前往车站。

他与一群年轻人擦肩而过，应该是大学生，正满面春风地聊着天。他继续走着，迎面走来了形形色色的人：两个上班族打扮的男人，牵着小女孩的母亲，一对情侣，一群中年妇女——似乎是附近的主妇，还有穿着校服的高中生……越靠近品川站，擦肩而过的行人就越多。他们的笑脸和笑声仿佛刀子似的扎在阵内心头。

为什么？

为什么？

为什么？

为什么不是这些家伙，而偏偏是他？

阵内想起刚才来工作室拜访的那个叫三桥的男人。他只是任性的海乐欣骨灰粉中的一个。倘若在以前，阵内可以轻松地对付这些家伙。就算他们再怎么呼吁让海乐欣再次登场，阵内都不用理睬。

然而，如今他却……

看到他刚刚的举止，细野和千夏也都大吃一惊。这再自然不过，他们一定认为他性情大变。三桥呢，并不了解他平日的样子，也许会认为他一天到晚都抱着这种狂妄自大的态度。

他们都不知道……

都不知道他是被神崎所预知的将死之人。

三桥……

阵内觉得自己一定会被这个男人所杀。

他默默地笑着。除了笑，他还能做什么呢？还有比这更讽刺的事吗？他被神崎预知到了死亡，在恐惧和焦躁之下濒临崩溃。此时出现了三桥这名读者，自以为是地对他的作品提出意见。他最讨厌三桥那类读者，忍不住对他恶言相向，拳打脚踢，这跟迁怒于人没什么区别。他的做法反而加深了三桥的怨恨，三桥一定会报复自己。

神崎是预知到了这一点吗？

事实上，三桥也说过：

——"我想杀了你。"

——"我要在6月9号杀了你。今天是来踩点的。"

6月9号。最开始阵内还疑惑为什么是这个日期，不一会儿便意识到这是漫画中海乐欣的忌日。三桥竟然把这都记了下来，果然是《行星轨道》的超级粉丝啊。

明天就是那个日子了。

阵内从品川站乘坐京滨快速列车前往鹤见。

他来到了那座电影院。烧起来的似乎只有建筑内部，外面的墙壁看不出来有什么损伤。不过，影院内部必须经过修复才能继续使用，再加上安全管理方面似乎也存在纰漏，因此目前尚无法预计电影院何时能恢复营业。不仅如此，火灾还造成了大量人员伤亡。管理方会被提起刑事诉讼，电影院最后可能会被拆除吧。

这时，阵内想起了里美。

恐怕里美直到出事前几分钟都丝毫没想过自己将不久于人世。不只是里美，还有神崎预知到的那个叫西园寺健的男人，还有在这座电影院里被烧死的未曾谋面的人们，他们做梦都想不到自己竟然会在那天死去。

阵内跟他们不同。

他来到了神崎的公寓，爬楼梯径直前往二楼。

在走廊里他还碰到了一个中年妇女——就是那个喜欢八卦的主妇。她点头向阵内致意，但阵内并未理睬她。

他朝神崎的房间走去，按下了对讲机。

"是谁？"

对讲机里传来了神崎的声音。

阵内并没有回答。

他等待了片刻。

门锁开了。

神崎满腹狐疑地探出了头。

眼神交汇。

她立即想把门关上，但阵内的动作更快，他侧身卡在了门的缝隙之间，然后用尽全身力气把门打开。神崎的力气敌不过阵内的，只得后退。门全部打开了。

"阵内先生……"

神崎胆怯地后退了一步。

阵内进入玄关，关上了门。

"为什么要躲我？"

神崎哭泣着。她把脸转向一边，不愿看阵内的眼睛。

"我会死吗？"

她没有回答。对阵内而言，沉默就意味着肯定。

这时，房间的门铃响了。神崎惴惴不安地从墙上取下了连接着门外对讲机的听筒。听筒那边传来了模模糊糊的声音。

"神崎女士，发生什么事了？你还好吧？"

声音尖细，恐怕是刚才在走廊上与阵内擦身而过的那个主妇吧。她应该看到了全部经过。

"我没事，抱歉让你担心了。"

"真的没事吗？"

"真的没事，抱歉惊扰到了你。"

神崎把听筒放回到墙上，转身朝向阵内，喃喃地说："我们还是不要再见面了。"

"这句话之前已经说过了。"

"对不起。"

"为什么要道歉？"

"都是因为我出现在您面前……"

神崎用手掌擦去了挂在脸颊上的泪珠。

"我可以进来吗？"

神崎点了点头。

阵内在玄关脱好鞋，进了屋。

"就在刚才，有个奇怪的粉丝来到了我的工作室。他似乎在跟我的女助手交往，而且是《行星轨道》和海乐欣的粉丝。他说他会在海乐欣的忌日——6月9号那天杀了我，还说今天就是来踩点的。我大吃一惊，对他拳脚相加后就飞奔到这儿来了。"

说到这里，阵内看了看神崎。

神崎面色苍白地注视着他。

阵内说："神崎女士，无论你说什么我都不会惊讶，所以请回答我的问题……"

他调整了呼吸，继续说："我会死吗？"

神崎一边啜泣着，一边点头。

阵内无力地瘫坐在地。

——我会死？我要死了吗？

一种无法言喻的寒意在阵内身体中游走。里美死时，阵内曾想要是能代替里美去死该多好，也想过要不要追随里美而去，还想着没有里美的人生毫无意义……然而，那时候的他天真地以为自己并不会真的死去，便安然地沉浸在伤感之中。

然而，现在……

"我还不想死。"

阵内低声嘟囔着。

神崎坐在阵内身边，再次喃喃地说："对不起……"

阵内看着她："6月9号，我会被那家伙杀死吗？"

听到这个问题，神崎缓缓地准备开口……

"等一下。"阵内忍不住制止了神崎，"对不起，明明是我提的问题，但我现在不想知道答案了。确实，就像我的责任编辑所说的，之前那些信应该都是用了某些手法制作出来的。但是关于电影院的火灾，无论怎么想都没什么地方能耍花招。一切都如你所说，只要你说有人死，他就一定会死，没有任何例外，就算问了也没用。"

"都是因为我预知到了未来，在您面前没控制住情绪，才会造成现在这种局面。我应该像往常一样表现，就算是演给您看也好……"

神崎的语气透露着悔恨。

无论是谁，都会察觉到的。如果知道神崎的能力，而她又做出了如此举动，那么谁都会怀疑自己是不是要死了。

"此前也有被我预知到死亡的人来找过我，不过您跟他们有一点不同。"

"什么不同？"

"您是真的相信我的预言，而之前从未有人相信。他们都坚信我说的是玩笑话，后来就都死了。每当我预知到有人死亡时，总会有人为了阻止死亡发生而找到我，但他们都没成功。从我小时候开始，这种事就不断发生。不过，若是能打破预言，改变未来，那这些悲剧就都能避免。我一直觉得与生俱来的这个能力一定有着什么意义。以前我都是一个人奋斗，所以都没能战胜命运。但如今有你了，若是我们两个人一起努力，就一定能赢。"

"如果作为当事人的我也一起努力，未来就能改变？"

"不知道，但我认为值得尝试。"

确实，阵内无法接受自己即将死去。

"阵内先生，您准备好了吗？"

神崎询问阵内，语气像是在反复确认。阵内立刻就明白了她的意思。

"我准备好了，你说吧。"

神崎说："您会在明天，即6月9号被杀掉。凶手多半是您作品的狂热粉丝，可能就是来工作室拜访您的那个人。时间是在晚上，地点是在柏油马路上。现场只有您和凶手两个人。我能看到柏油路上流淌着鲜血，应该是被刀具捅伤所致。"

神崎流利地叙述着阵内死亡时的情景。

阵内压抑着身体的颤抖："然后呢？"

"因此，阵内先生，您明天千万不要外出。如果有必要，您也可以待在这里。如此一来，您就不可能在街头被人捅了。我的预言便会落空。"

*

三桥活动着还在隐隐作痛的身体，迫使自己站了起来，双脚自然而然地朝玄关方向走去。

要去追阵内吗?

三桥问自己。

这时,一只手抓住了他的肩膀:"等一下。"

是总助手细野。

"你跟在阵内老师身后打算做什么?"

三桥也不知道自己打算做什么。

"你是要杀了老师吗?"

"我不是说了要明天杀吗?"

细野盯着三桥的眼睛:"假如阵内老师真的被杀了,那首先被怀疑的就是你。就算这样你也要杀他吗?刚刚说的话是在开玩笑吧?"

"烦死了,放开我。"

"三桥……"千夏啜嚅着,眼中泛着泪光。

细野说:"我有个条件,你要是答应了,我就放手。"

"条件?"

"你要是想去追阵内老师就请自便,但我要跟你一起去。"

离开房间时,三桥和细野因产生争论耽误了一些时间,但好在阵内并没有走太远。

他们跟在阵内身后,距离有十来米。

三桥说："我们有可能会被他发现。"

细野回答："被发现了又没什么大不了。"

阵内头也不回地继续走着。从方向来看，恐怕是打算去车站。

"阵内老师最近挺奇怪的。"

"最近？"

"刚刚他对你拳打脚踢，这要是在平时，简直无法想象。你被老师踢到的地方要紧吗？还疼不疼？血止住了吗？"

三桥冷冷地回答："没事了。"

"老师的未婚妻在一场意外中去世了，自那以后他就变得阴沉沉的。其他人很容易就能理解他这种状态吧，毕竟原因非常明了。但至于老师最近为什么会性情骤变，我也不知道个中缘由。"

"没什么原因吧。"

因为难以忍受未婚妻死亡带来的悲痛，所以他精神方面出现异常了吧。由此可以看出，他们爱得很深沉、很热烈。如果千夏死了，自己会悼念她到哪种程度呢？

"不，肯定是有原因的。老师最近连工作都不做就出门了，问他去了哪儿也不告诉我们，原因肯定就在这里。"

"那他现在也是要去某个地方？"

细野点了点头。

三桥心想：这个男人是不是把自己要杀阵内这件事当成玩笑话了？他一定是这么想的。若非如此，他怎么会有闲心这么悠哉地跟踪阵内？

　　不是开玩笑。三桥是认真的。

　　阵内从品川站乘上了京滨快速列车。三桥和细野两人上了阵内旁边的那节车厢，找了个便于观察的位置。虽然刚刚细野说过被发现也并无大碍，但三桥还是不停地担心，生怕被阵内发觉。

　　然而，阵内丝毫没有察觉到他们的迹象。他倚靠在门上，盯着窗外，独自在喃喃地说着什么。他究竟打算坐到哪一站呢？

　　阵内在鹤见站下了车，三桥和细野赶忙追在他身后。

　　阵内离开车站，径直朝对面走去。他究竟打算去哪儿？

　　就在这时，细野突然停住了脚步，扬了扬下巴：“你看……”

　　阵内在一栋建筑物前停了下来。这栋建筑有些破败，不像是有人住的样子。他伫立在通往地下的楼梯前，不过那楼梯口已经被人用警戒线围了起来，似乎没办法下去。

　　那栋建筑，旁边的柏油马路，正前方的广场……这些景象似乎在哪儿见到过。地点是在鹤见，再加上封锁的楼梯，那么楼梯下面一定就是那家电影院了。

　　三桥和千夏在旅馆里看到了当时的新闻影像。画面中有火灾发生时的电影院，有消防车，有记者，有围观的群众，还有阵内龙二——他当时就在这里。

阵内今天来鹤见也是为了来火灾现场吗？为什么还要来一次呢？他跟那起火灾有什么关联？

不过，阵内只在火灾后的电影院前伫立了几十秒后便转身离开了。他的背影逐渐缩小。

他还要去其他地方吗？

细野催促道："走吧。"

阵内穿过了商业街。人流立刻变得稀少了。

细野说："我们走慢点吧。要是不保持距离，可能会被他发现的。"

"你刚才不是说被发现了也没什么大不了的吗？"

"至少要搞清楚阵内老师最近都去了哪儿。搞清楚地点之后再被发现也不迟。"

三桥听从细野的提议放慢了脚步。连助手都对阵内的行踪如此好奇，甚至不惜跟踪他，恐怕现在的阵内龙二对曾经了解他的人而言真是性情大变了。

阵内的身影终于在一栋公寓的入口大厅处消失了。两人不由得加快了脚步，也悄悄地进入大厅，但已经看不到阵内了。

三桥耳边传来了有人上楼梯的声音。不过，脚步声也立刻就消失了。

"他去了二楼？"

细野点了点头。

他们赶紧追在后面，已经顾不上保持距离和避免动静了。

他们来到二楼的走廊。

一个中年妇女正呆站在走廊正中。越过她的背影，可以看到阵内正站在走廊最里面的房门前。门缓缓地开了，一个女人探出了头。离得有些距离，看得并不太清楚，但对方不像十几二十岁的人。女人把头缩了回去，准备把门关上。这时，阵内把身体挤进了门缝，成功闯入了室内。房门再次从内侧关上了，不过这次是阵内关上的。

无论谁看到这个情景，都会认为阵内是强行进入了女人的房间。

这时，站在走廊中央的中年妇女往那个房间走了过去。三桥的双脚也自然而然动了起来。

她按下了房间的对讲机，尖声喊道："神崎女士，发生什么事了？你没事吧？"

"我没事，抱歉让你担心了。"

能隐隐约约听到住户的声音。那语气跟按对讲机的中年妇女刚好相反，沉着而优雅。

"真的没事吗？"

"真的没事，抱歉惊扰到你了。"

"好吧……"

中年妇女的脸上露出一丝遗憾，离开了。

她向这边走来时，三桥的目光与她的撞上了。

她惊讶地打量着三桥，目光从他的头顶一直扫到脚尖。

"我、我们……有些事想问问您……"

三桥慌慌张张地从嘴里吐出这句话。

"什么事？"

三桥扬了扬下巴，示意阵内消失的那扇门："您认识住在这个屋里的人吗？"

"认识，怎么了？"

"嗯……我、我认识刚才进去房间的男人。然、然后……"

虽然他已经下定决心要杀死阵内，可说话还是一如既往地结巴。这么语无伦次，估计都快被她误会成可疑人士了。不过，他的担心是多余的。

她饶有兴致地问三桥："那人是你的朋友吗？"

"您认识他吗？"

"认识，但没有说过话。说起来，最近我在这栋公寓里都碰到他好几次了。刚刚他进去的房间，里面住着一个叫神崎的女人。她都快五十岁了，可还是一个人生活。不过啊，我的意思并不是单身就不行，可她都不跟邻里交往。有传言说她结过婚，但不知道是真是假。总觉得她性情有点阴沉，跟她打招呼，她也只是简单回应一下，不做过多交流。我们甚至都不知道她到底是干什么工作来维持生计的。"

女人滔滔不绝地讲着，三桥都有些被镇住了。

"然后啊，这位神崎女士的房间，最近竟然频繁有男人出没。我们都在流传，说她跟那么年轻的小伙子在交往……话说回来，那个男人是何方人士啊？"

"啊？这……"

三桥想向细野求助，于是转过身。然而，细野不见了。

三桥向女人点头致意，逃跑似的离开了走廊，但仍感觉她的目光一直盯着自己不放。

细野在楼梯间的平台上。从刚刚三桥和女人交谈的地方来看，他所处的位置刚好是死角。

"细野先生……"

"原来阵内老师是去找女人了啊。"细野喃喃地说着。

看来，他听到了三桥和中年妇女对话的全部内容。

*

时间流逝，太阳西下，神崎的房间渐渐被染上了日暮时分的色彩。

阵内从外套里拿出喜欢用的那套笔记本和中性笔。他哗啦啦地翻着笔记本，里面杂乱无章地写着一些东西，如《行星轨道》中各类设定的原型构思，漫无边际的涂鸦，从喜欢的小说中摘录出来的片段等。阵内已经不记得这是他的第几个笔记本了。看着自己写下的这些数不清的笔记，阵内沉浸在一片伤感中。

最后的笔记是发生火灾的那家电影院上映电影的场次。从那以后，阵内再也没在这本笔记本上写过东西。

阵内摘下笔帽，在电影的场次下面记下了新的笔记。他漫无边际地写着，大意是6月9日在太阳落山之后，他会在屋外被偏执的粉丝杀掉。

这时，手机响了。阵内一边寻思着是谁打来的电话，一边瞧了瞧屏幕。是立花打来的。

他接了电话。

"阵内先生，您现在在哪儿呢？我给您家里打了电话，但没人接。问了细野，他说他也不知道您在哪儿。"

立花的声音让他有些怀念。他说："立花……现在已经轮到我了。"

"您说什么？"

"神崎的预言。"

"什么？"

"看来我要追随里美而去了。立花，后面的事就拜托你了。"阵内打趣地说道。

不知为何，他并不感到恐惧和担忧，或许心里某处并未完全相信神崎的能力。

"阵内老师，这种事……"

阵内打断了他的话："立花，明天一切都会结束，在此之前请你耐心等待。我后天会联系你。"

如果那时候我还活着的话——阵内把这半句话咽了回去，挂断了电话。

神崎独自静静地用手肘撑着桌子，脸上无精打采的。

与阵内对上目光后，她安静地微笑着问道："要不要给您泡杯茶？"

阵内缓缓地开了口："为什么？"

"您说什么？"

"为什么你对我这么好？"

神崎有些疑惑，似乎没明白这个问题是什么意思。

"这不合常理啊。对你来讲，我就是一个路人。就算我成功打破了预言，明天能从死亡的命运中逃脱出来，对你来说也没有任何好处。"

神崎静静地开口："您觉得对我没有任何好处吗？如果您被杀了，我就再也看不了《行星轨道》了。"

阵内苦笑道："无论我是生是死，那部漫画都已经毁了。我不顾后果画死了海乐欣，后来试图强行补救，结果窟窿还是越补越大。我很烦躁，于是便对粉丝和助手们撒气，结果失去了他们的信任。我已经没有信心再把它继续画下去了。"

阵内低下了头。他本以为神崎会说些安慰的话，鼓励他努力画下去，可是他错了。

"对我来说，您已经不是路人了，也不仅仅是我喜欢的漫画作者。我从没把您当外人看。"

阵内苦笑道："你对我产生共情了吗？"

"也许是的。我的孩子如果还在，刚好跟您是一个年纪。因此，您给我的感觉就像是我的儿子一样……这是不是让您为难了？"

"没有，"阵内摇了摇头，"无论怎么感觉都是你的自由。"

神崎微笑着说："您父母是怎样的人呢？"

"我父母吗？他们没什么特别的。我父亲是个普通的上班族，母亲是个普通的家庭主妇。"

"这样啊……不过阵内先生，您可是父母的骄傲啊，毕竟您画出了那么有人气的漫画。"

"老实说，这对我而言是个沉重的负担。我每次出单行本时，我母亲都会买好几本送给亲戚和邻里。每次回家，她都会缠着我要签名。"

"做父母的都是这样。我很羡慕您的母亲，她的儿子这么有出息……"

阵内觉得有些不好意思，低下了头，然后喃喃地说："如果我死了，我父母会不会很伤心啊？"

　　神崎没有回答。

　　阵内继续低着头。他害怕看到神崎的眼睛。

　　即便明天一整天都待在这个房间里，也并不能保证自己不会死。无论是里美、西园寺，还是许许多多死在电影院里的人，都躲不过神崎的预言。即便知晓了预言，也打心底里相信预言，他又为何能断定自己就是例外呢？

　　随着思考得越来越多，阵内的内心逐渐被无尽的恐惧填满，后背变得僵硬起来。明天他可能就会死，光是想想，理性和冷静就会消失得无影无踪。人死后会怎么样呢？会去哪儿呢？孩提时代，他曾经苦恼地思考着这些问题而彻夜未眠。他无法相信切切实实存在的自己会从这个世界上消失。在他死了之后，这个世界会如何？还会一如既往地继续运转吗？然而随着长大和成年，当他每天都忙于漫画的工作时，这种青涩的情绪已经消失殆尽了。

　　现在——

　　"我还不想死……"

　　阵内喃喃地说着。

*

　　三桥与细野告别后，回到家时已经是日暮时分。

　　在杀掉阵内前，三桥想先测试自己的胆量。

　　三桥离开家门，准备前往丸林超市。

　　他抬头看着隔壁的二楼，从他所在的位置都能听到嘈杂的嘻哈音乐。看来对方丝毫不打算降低音量。若是曾经的自己，定会像往常那样打消制止对方的念头后直接离开。

　　三桥从家门前的道路上捡起一块石头。他将石头高高地举过头顶，瞄准二楼的窗户，用力将石头扔了过去。伴随着嘈杂的音乐，一阵尖锐的声音仿佛划破了晚霞。玻璃窗被砸得布满裂纹，中间还破了一个大洞。

　　三桥头也不回地往丸林超市走去。他本以为会有人从屋子里追出来，但并没有感觉到有动静。在这片鲜亮的黄昏之下，不应景的背景音乐从破碎的窗户里流出，回荡在整个街道上。

　　——没问题，我能行的。

　　在员工宿舍前的停车场里，附近的主妇们正站着聊天。小鬼头们正骑着装有辅助轮的自行车来回乱窜。他们不顾三桥的存在，骑着自行车疾驰而过，在三桥的身前、身后和左右两侧反复穿梭。这些小鬼头的母亲们丝毫没有要制止的意思。三桥觉得自己被人轻视了，要是不采取果断的态度，他们就不会尊敬自己。

"嘿哈——"三桥大喝一声，一脚踢向从他面前经过的那辆自行车。自行车倒下了，小鬼头被压在了下面，号啕大哭起来。主妇们神色骤变，立刻赶了过来。三桥将倒下的自行车举了起来，朝主妇们扔了过去。"啊——"主妇们狼狈地尖叫着四散而逃。自行车摔在了柏油路面上，辅助轮都摔了下来，飞向空中。看到他们这副狼狈样，三桥心情十分舒畅。有个小鬼头一只手拿着跳绳，目瞪口呆地看着三桥。

"看什么看，你这家伙，小心我剁了你！"

在三桥的恫吓下，小鬼头脸一皱，哇地哭了出来。

三桥转身离开，留下小鬼头继续哭着。主妇们的话语从背后传来："怎么回事？那小子是哪家的？""孝宏，你没事吧？没伤着吧？""是三桥家的小子。""好了好了，别哭了。""我们待会儿一起去三桥家吧。""必须先去看医生啊。""遇到这种事，怎么能不吭声呢？""必须找他们要孝宏的医疗费和自行车的修理费。"

这些话对现在的三桥来说无关痛痒。

——没问题，我能行的。我不是懦夫。

三桥到了丸林超市。他像往常一样从工作人员使用的后门进去。

时机正好，副店长正在那里，忙着从仓库里搬出杯面的箱子，而千夏的那个女性朋友则把箱子搬到固定好的手推车上。他们正重复进行着这项工作。

副店长刚与三桥对上目光，就立刻挖苦道："哎呀，三桥老师，您今天来上班啦？迟到了二十分钟，真是太了不起啦。"

听到副店长的这番话，千夏的朋友嗷嗷地窃笑着。

然而，三桥纹丝不动。

"怎么？你还戳在那儿干吗？赶快围上围裙到店里去。你知道要干什么吧？"

没问题。面对副店长，三桥再也不会胆怯，也不会结巴了。

"三桥——你这家伙，是对我有意见吗？"

也许是感觉到了三桥散发出的气场不太对劲，副店长说完便朝他走了过去。

然而，三桥还是纹丝不动。他用力从丹田挤出声音："今天我要辞职。"

"什么？"副店长呆呆地问道。

三桥坚定地看着他的双眼，说："我说我要辞职！你这个傻瓜，听不见吗？"

"你这家伙——"

副店长瞪着三桥。但三桥并不畏惧，回瞪了过去，然后扬言："那我就先告辞了。我这一辈子应该都不会再见到你了吧。"

三桥今天来丸林超市就是为了对副店长说出这番话。

"喂，你等等——"

副店长那粗糙不平的手搭在了三桥的肩上。

"别碰我！"

三桥拨开了他的手。就在这时，他的手腕打到了副店长的脸。副店长呜地呻吟了一声，把脸背了过去。

"你竟敢动手——"

三桥不是故意的。他本想道歉，但还是打住了。他已经不再是曾经的自己了。

"我就动手了，怎么着？"

"三桥——"

三桥鼓足气势，用力撞向副店长的腹部。副店长踉跄着向后跌去，狠狠撞到了手推车上。手推车翻倒在地，副店长在反作用力下也倒在了地上。手推车里的杯面散落在地。

"您还好吧？"

千夏的朋友差点哭了出来，朝副店长跑去。副店长呜呜地呻吟着，想要站起身。他身体的某个部位或许受到了猛烈的打击，他平常那副高傲的样子已经消失得无影无踪。三桥在内心冷笑着。真是大快人心。

千夏的朋友一边扶着副店长起身，一边看着三桥。她的神色满是胆怯。

三桥扬言道："看什么看，你这家伙。小心我干了你！"

她立刻把目光移开。

肉店和鱼店的老板们在听到骚动后赶了过来。事情闹大点，再闹大点，闹得越大越好。三桥向他们投去轻蔑的目光，然后离开了这里。他觉得心情舒畅。郁结在心中多年的愤恨终于在今天化解，他松了一口气。一直以来他都不是真实的自己。如今他已经觉醒。

——没问题，我能行的。我不是懦夫。我可以杀掉阵内龙二。

三桥回家了。员工宿舍前的停车场里已经没有一个人在了，取而代之的是隔壁家门口聚集了一群人。门前停着一辆救护车。那名落榜生的脑袋正流着血。他一边哭着喊疼，一边被人用担架抬上救护车。他的金发已经有一部分被染成了暗红色。三桥不经意地听到了周围看热闹的人群的话："他是被什么人扔石头打伤了。""玻璃窗碎片扎得他满头都是。"

——大快人心。你们一个个都瞧不起我，这下受到惩罚了吧。

——没问题的。

三桥回到了房间，翻开了《行星轨道》里的一页。这一页他已经反复看了很多次，书页都被手上的污渍给弄脏了。

这一幕是海乐欣在安慰柴姆。

她在柴姆的耳畔低声说道："你并不丑陋，也不弱小。"

没错，自己并不弱小。今天他所做的三个举动都证明了这一点。隔壁家的蠢蛋落榜生、烦人的小鬼头们、令他火大的副店长，三桥都向他们复了仇。他证明了自己并非懦夫。

——没问题的。

——我既不弱小，也不懦弱。这些都在今天得以证明。

——我可以杀掉阵内龙二。

三桥这样坚定地想着。

"强大的人最美丽。"

海乐欣的这句话一直在他的心中回荡。

*

时间到了晚上十一点。

阵内没有勇气回去，最终还是住在了这里。如此一来，就正中神崎下怀，但阵内也无力再多想了，至少她看起来不是坏人。无论她如何沉迷于他的漫画，应该不至于对他下毒手。

晚餐吃了神崎亲手烧的饭菜。阵内最近频繁地在外面吃饭，这朴素的家常味道反而让他觉得很新鲜。用餐时，神崎欢快地和他聊天，话题都是关于漫画的。她是为了不让阵内去想明天的事而强行做出欢快的模样，还是太久没跟其他人一起吃饭而情绪高涨呢？恐怕两方面因素都有。

　　神崎坐在椅子上打盹儿。阵内给她披上了昨天她穿的那件针织衫。

　　距离第二天只有不到一个小时了。

　　阵内走向玄关，来到了外面。

　　夜晚的空气十分惬意。

　　他走到一楼，来到街上，在自动售货机上买了一罐咖啡，然后往公寓旁边的儿童公园走去。

　　他坐在秋千上，喝了一口咖啡。

　　他抬头仰望着夜空。今天的夜空只有一弯残月和几颗闪耀的明星点缀着。

　　不知为何，刚刚在神崎房间里席卷而来的、让他颤抖的恐惧和担忧，此刻已经感觉不到了。

　　夜晚的空气，寥寥几颗明星。

　　没有轰鸣的汽车，也没有疾驰的列车。

　　仿佛全世界只剩下他一人。

　　阵内想起了里美。

　　哭泣的里美、愤怒的里美、欢笑的里美，以及里美的尸体……

以前，阵内一直反复想着同一件事，已经想了很多遍。那便是与里美一起度过的日日夜夜和她的死亡。为什么她非死不可呢？阵内感到意难平。

然而现在神崎预知到了他的死亡……

如今，他觉得自己可以接受里美的死亡了。

没错。

人固有一死。

里美是。

他也是。

"阵内先生……"

听到有人在叫自己，阵内转过了头。

是披着针织衫的神崎。

"您在这里做什么？"

她的表情十分严峻。

阵内静静地回答道："我来吹吹晚风，让心情平静下来。"

神崎指了指手表，对他说："还有二十分钟就到6月9日了，可您还在这里优哉游哉的，要是被什么人袭击了该怎么办？"

神崎的口吻仿佛是在训斥犯了错的孩子。也许意识到自己的语气太重了，她先是一惊，然后面红耳赤地说："对不起，我竟然这么跟您说话……"

阵内微笑着说没关系。

知道她这么关心自己，他反而很高兴。

"我们还是早点回去吧。"

阵内在神崎的催促下离开了公园。

"神崎女士。"

"怎么了？"

"如果我死了，你会为我哭泣吗？"

神崎没有回答，只是悲伤地眯起了双眼。

*

6月9日。

三桥在朝阳的照耀下醒了过来。

他立刻从床上跳下来，无法抑制焦躁的心情，在房间里来回踱步。他现在情绪高涨。曾经的他醒来后总是迎来糟糕的早晨，总是拖着疲惫的身躯在被子里睡回笼觉。那些日子仿佛都不是真的。

没错，他已经脱胎换骨。

他已经不再是曾经的自己。他的大脑开关已经切换成要杀死阵内龙二的模式。

为什么一大早精力就如此充沛？因为他找到了自己应该做的事。他没有特别的技能，甚至没有人生目标，每天都是浑浑噩噩地混日子。正是因为这副没出息的样子，小鬼头们和副店长才一直看不起他。

他应该做的事就是杀死阵内龙二。

如今，他已确信自己是为此而生的。

他的脑海中有一个天使在不停地低声细语：杀掉他，杀掉他，杀掉他。

海乐欣带着忧伤的口吻，恳求着：杀了他。

——好，我知道了。我要向杀了你的阵内龙二复仇。

曾经那灰色的世界如今看起来已光芒万丈。镜中所见的自己的那张脸，比往常多了一分男子汉气概。拿出顽强的意志来，拿出钢铁般的意志来，并将此铭记于心。这就是他行动的动力。

他能够杀了阵内。不，是非杀了他不可。

决战的日子就在今天。

他必须得吃好一些，才能为决战做好准备。

三桥在吐司片上抹了黄油，一眨眼就把三片吐司吃得精光。牛奶也是咕噜咕噜地一饮而尽。三桥食欲大增。不会有任何问题。

杀了阵内——这就是他的使命。

出门前，他用手机给千夏打了电话。

"噢，是三桥啊。"

千夏的声音略显疲惫。

"你现在在哪儿？"

"当然在家啦，不然还能在哪儿？"

"你今天要去工作室吗？"

"不知道。我还在等总助手细野的联络。不过，三桥啊……"

"怎么了？"

"我在考虑要不要辞掉阵内老师的助手工作。"

"为什么？"

"阵内老师从之前开始就有点不对劲。他在工作中经常会发呆，对漫画敷衍了事，人气也随之跌落。人气变差倒也无可奈何，但可怕的是阵内老师根本没有表现出一丁点儿焦急，感觉漫画对他已经不重要了。"

"哼。"

三桥嗤笑着。阵内多半是意识到了自己才华不足，便断了继续当漫画家的念头。这倒也实诚。他没有气魄把《行星轨道》突然完结，就试探着让海乐欣先死了。对阵内而言，海乐欣的死不过如此，然而，没过多久他就意识到这个决定是个弥天大错。

"那阵内大作家今天又在哪儿呢？"

"你问我老师在哪儿？他今天没有来工作室，给他家里打电话也没人接。细野先生给老师的手机打了电话，那会儿老师已经出门了，但并没有告诉细野他在哪儿。他只和细野说了些莫名其妙的话：今天一天他会销声匿迹，如果神明能够保佑，那他明天就会在工作室露面。"

三桥的直觉告诉他，阵内就在那里，就在鹤见的那栋公寓里。公寓里的那个女人……似乎姓神崎。

"我说三桥啊……"千夏怯生生地说，"你昨天说的话是在开玩笑吧？"

"我昨天说的话？"

"你说你会在今天，也就是海乐欣的忌日，6月9号这天杀了阵内老师。"

三桥压着嗓子说："你为什么觉得是开玩笑？"

"啊？"千夏没有回答。

三桥进一步对她说："你觉得我刚刚为什么会问你阵内在哪儿？"

从听筒里可以感觉到千夏倒吸了一口凉气，内心十分不安："喂，你是在说笑吧？快告诉我这是在说笑。"

三桥故意笑出了声："瞎说什么呢。连你都不知道阵内在哪儿，我又怎么杀得了他呢？"

要杀了他，肯定要杀了他。如果阵内没在鹤见那个女人那儿，就算是埋伏在他家或是工作室也要把他找出来。如果今天没能杀掉他，那就把他的命留到明天。原本要在明年6月9日杀了他才能完成这个完美的计划，但三桥不能保证一年后自己会不会变回原来胆小怕事的样子。

"三桥，莫非你有头绪？"

"你为什么这么认为？"

"昨天你不是跟细野一起追在阵内老师身后吗？细野说阵内老师去见鹤见那个朋友了。"

"细野只告诉了你这些？"

"嗯……"

"没事，再忍一两天，马上就会有结果了。"

千夏担忧地说："三桥啊——"

三桥挂断了电话，然后关闭了手机。

他打开了桌子抽屉。

抽屉里放着前两天才送来的美国蝴蝶牌战术刀。

他把刀拿在手里。刀身很有分量。他轻轻用手指触碰刀尖，只是微微移动了一下，指尖便传来了剧烈的疼痛。鲜红的血液顺着指尖滴落。

他把流血的食指含在嘴里，血腥味在口中扩散开来。

接下来要品尝的是阵内的鲜血，大量的鲜血。

*

6月9日。

阵内在朝阳的照耀下醒了过来。有那么一瞬间，他觉得至今为止发生的所有事情都是一场梦。然而，随着头脑逐渐清醒，他立刻就意识到这是不折不扣的现实。

阵内从被子里爬了起来。一觉醒来甚是爽快，这与他之前抑郁的心情形成了鲜明的对比。从前，他睁眼闭眼都在考虑漫画的事，甚至做梦都会梦到。而且，他总是难以入睡。

如今，他全然忘记了漫画，睡得非常香甜。时下这种情况竟然还成了助眠手段，实在是太讽刺了。

阵内闻到了一股香味，在香味的吸引下，他来到了厨房。

神崎正在做饭。

咚咚咚——菜刀和砧板发出了有节奏的声音，萝卜逐渐被切成细丝。

"早上好。"

神崎微笑着点头致意。阵内也回应着。

"需要我帮忙吗？"

"不用，您去坐吧，我怎么好意思让客人干活儿呢？"

今天一天就只有早晨能平静一点了。

阵内突然想到，如果他能逃脱命运之手活下来，以后还会和这位具有预知能力的人继续保持这种奇特的来往吗？

与神崎一起吃完平静的早餐后，阵内无所事事地站在房间里。随着时间的流逝，神崎的话逐渐变少了。

神崎正面向墙壁在做着什么。阵内好奇地瞅了瞅，只见她把墙上的时钟取了下来。

"你在做什么？"

面对阵内的疑问，神崎疲惫地笑着回答："我想打个117电话校准时间。"

阵内苦笑着："那就麻烦你精确到秒。"

"好，我知道了。"

他的目光移到了电视上的蓝色花瓶。阵内从未见过这个瓶里插过花。

"要不要我去买些花来？"也许是注意到了他的目光，神崎说，"我曾经喜欢在花瓶里插上各种各样的花，现在已经不这么做了。独居时间一旦长起来，这些细节就再也注意不到了。"

听完神崎的话，阵内的言语中带着自嘲："如果明天我还活着，那就在花瓶里插上花以表庆祝吧。"

竟然还有心情开玩笑，这让他自己都深感意外。

一小时，两小时……

时针、分针和秒针已经分毫不差地校准到了日本标准时间。时间就这样缓缓却又实实在在地流逝了。

到了正午，烈日高悬。没有任何事情发生。

这时，对讲机响了。

*

地点在鹤见，神崎的公寓。听说阵内既没在家，也没在工作室。当然，三桥很清楚不能完全相信千夏的话，他不能保证她一定会对自己说实话。

然而，在三桥这个局外人看来，阵内已经不被助手所信任。

三桥来到神崎的房门前，按下了对讲机。

他等待了片刻，但像是完全没人接听的样子。难道没在家？

就在三桥准备放弃时，门开了，一个神色不安的中年女人探出了头。防盗链是插上的，看来无法强行进去。

三桥近距离看到了神崎的脸。她是个美人坯子，看上去比三桥的母亲要年轻许多，但这仍然改变不了她已年近半百的事实。阵内若是要找情妇，明明还有大把的年轻女人可以选择。

三桥说："我是阵内龙二老师的朋友。阵内老师在不在这儿呢？"

神崎冷冷地摇了摇头，回答说不在。三桥原本还想多说几句，但在他开口之前，门便无情地关上了。

*

神崎看了看阵内，准备起身去开门。

阵内站起来，制止了她后，朝玄关走去。他透过猫眼往外看。

站在门外的是——

"神崎女士，"他不由得压低了声音，"就跟他说我不在。"

神崎似乎明白了阵内的用意，点了点头，说她知道了。

阵内听到了神崎在玄关和来访者的对话。他不禁屏住了呼吸。

"我是阵内龙二老师的朋友。阵内老师在不在这儿呢？"

三桥究竟是如何得知他在这里的呢？又是从哪儿知道这栋公寓的？

神崎回答说阵内不在后，便立刻关上了门。

阵内将屏住的气息吐了出来。

"阵内先生，刚刚那位莫非就是要杀您的人？"

阵内点了点头。

*

这个叫神崎的女人不会是把阵内藏起来了吧？三桥认为这个可能性很大。她从玄关口探出头时，那紧张的状态分明是在害怕什么。三桥以前一直是个胆小鬼，这些鬼鬼祟祟的行为他最清楚不过。

如果那个女人把阵内藏在自己屋里，那就算是杀了她也要闯进去。但在杀死阵内前，三桥并不想引起其他骚动。

该怎么办？现在去哪儿？要坐在这儿等阵内露面，还是去找找别的地方？

这时，手机响了。

是细野打来的。昨天跟细野分开时，三桥把手机号码告诉了他。不过，他到底有什么事？

"喂，三桥，你现在在哪儿？"

三桥思考片刻，撒谎道："我在家。"

"好吧。我给你打电话是为了阵内老师的事。"

"阵内老师？"

三桥不禁全神贯注地关注起细野的话来。

"我问过他的编辑立花了。老师把立花当自己人，什么事都会毫无保留地跟他说。"

"然后呢？"

"昨天你不是跟踪了阵内老师吗？他昨天去了鹤见的一栋公寓，进了一个叫神崎的女人的房间。"

细野竟然没有意识到自己也在现场。

细野继续说："昨天你来工作室时我跟你说过吧？阵内老师最近跟一个自称有预知能力的人来往密切。"

"是的。"

三桥已经把这些话忘了个精光。

"听说那个人就是神崎。"

"什么？就是她？"

"神崎似乎预知到了老师的未婚妻会死，也预知到了她所住的公寓里有个作家从楼顶跳楼自杀，还预知到了鹤见的电影院会发生火灾且死伤惨重。"

"这太荒唐了。"三桥情不自禁地嘀咕着。

他听说过电影院的火灾，神崎预知到了这起事故？骗人的吧？

"嗯。但阵内老师似乎相信了她说的话。立花说，阵内老师给他打了电话，说这次似乎该轮到他追随未婚妻里美而去了。"

三桥不由得吃了一惊："追随而去指的是死亡吗？"

"对，应该是的。"

"怎么个死法？"

"这个我倒没问。昨天你说了那些玩笑话，老师应该当真了，害怕得藏在什么地方了吧。也许他认为不出门就不会死。"

开什么玩笑，他可是动真格的。

神崎这个女人说不定真的有预知能力。阵内未婚妻之死啦，作家之死啦，电影院火灾啦，这些她是否预知正确，他并不清楚，但阵内之死她是说对了。

因为阵内会死在他的手上。

阵内待在神崎房间里的可能性越来越大。但他要怎么闯进去呢？门上挂了防盗链。

细野说："阵内老师现在会不会就在神崎那里呢？"

忽然，三桥脑中浮现出一个想法。他说："细野，我有件事想拜托你。"

三桥在网上买的东西还没和千夏一起尝试过。想不到那玩意儿竟然会在这种地方派上用场。

先回趟家，拿到东西后再回来这里——三桥在脑中计算着所需要的时间。预估的时间肯定会有些许偏差，因此跟细野的碰头时间定在晚上比较合适。

*

时间恍恍惚惚地过去了。神崎问阵内要不要吃晚餐，但他并没有心情，摇了摇头。

他们之间没有太多的交流。

八点，还有四个小时。

九点，还有三个小时。

十点，还有两个小时。

阵内凝视着时钟。他在等待着引领自己走向死亡的那个人。

然后，时间来到了晚上十一点。

阵内嘟囔着："还有一个小时，6月9号就结束了。"

十分钟，二十分钟——时间就这么过去了。

这时，对讲机响了。

阵内制止了准备起身的神崎，向玄关走去。

他透过猫眼往外窥视。

站在门外的是细野。

细野也好，三桥也罢，他们到底是如何知道自己在这儿的？又是来干什么的？

还剩三十六分钟。

阵内正要悄悄离开门后，就在这时，有人敲击房门。门外传来了细野的声音。

"阵内老师，您在里面吧？"

阵内把防盗链解开，手握门锁。细野应该能信任，但……

要不要开门，阵内还在犹豫。

这时，神崎从背后出现，抓住了阵内的手腕。

她注视着阵内，默默地摇了摇头，接着便催促他进屋。

阵内转身朝客厅走去，站在了一个从玄关看不到的位置。

阵内听到门锁打开的声音。

这时——

神崎微微叫了一声，随后是倒地声。门关上了，也锁上了，接着听见似乎有人粗暴地踏入了起居区。

"你果然在这儿。"

阵内后背发凉。

"原本以为有你助手带我来，你就会开门。结果没想到你还是躲在里面，简直是个胆小鬼。"

熟悉的声音。阵内身体还僵着，回过了头。

站在眼前的是三桥，他手里正拿着一把刀，不是水果刀或美工刀这类小巧玩意儿，而是在动作电影里见过的那种大尺寸的刀。

"为什么？"阵内嘀咕着，"我今天应该会在马路上死啊，为什么会在这儿被杀？"

三桥嗤之以鼻："鬼知道。"

这时，神崎一边喊着"住手"，一边用身体冲撞三桥，想要夺下他手里的刀。然而，她的努力只是白费力气。三桥挥起战术刀就往神崎的脸上刺去。随着一声短暂的尖叫，神崎倒在了地上，但她立刻又起身，想要靠近房间一角放着的电话。三桥看穿了她的行动，便从神崎的背后撞开了她。神崎重重地撞上桌子的一角，身体耷拉在桌子旁一动也不动了。

三桥举起电话，剪断电话线后，将电话摔在了地上。

阵内连动都没法动了。

就算不能用电话，他的外套内层口袋里还装着手机。但无论是打电话还是用手机，目前的状况都已经不允许拨打110报警了。

阵内用嘶哑的声音问："细野呢？"

"哦，那家伙啊？他在这儿。"

阵内鼓足勇气，向三桥靠近了一步。三桥随之后退，然而目光却死死地盯住阵内，将刀尖对准他。

细野双手戴着手铐，双脚戴着脚镣，疲软地躺在那里。

"老师，对不起……"细野横卧在地板上，低声说道。

三桥开心地笑了起来："这副手铐和脚镣我原本是打算跟千夏一起用的，没想到最后竟然在杀你时派上了用场。我只是把刀对准这家伙，他就吓得不得了，对我言听计从。我让他站在猫眼前大声地问你在不在里面，结果他丝毫没有反抗就照做了。阵内大作家，你可真不幸啊，有个这么窝囊废的助手。"

阵内费力地挤出声音："你想要什么？"

"我想要什么？"三桥语气中带着嘲弄，"我想要你哭给我看！"

他往阵内的方向走了一步。

"叫给我听！"

阵内往后退了一步。

"向我求饶！"

"不。你若是能杀了我，那动手便是。"

他只是在逞强罢了。在最后关头，无论是否被杀，他还是想拿出坚强的态度。然而，他的身体已经止不住地颤抖。

阵内的目光一直盯着三桥手中那把锋利的刀。

"还敢逞强！"三桥叫嚣着，像对待神崎那样抢着刀就往阵内的脸上挥去。阵内还没来得及躲闪，面部就被刺中了。眼前一片黑暗，他倒下了，感觉到一股温暖的触感。额头上流下来的血，缓缓地在脸颊上流淌着。

身体在颤抖。这副样子太狼狈了。这时，一团黑影笼罩在上方。他抬头一看，三桥正无所畏惧地凝视着他。现在的三桥看上去非常高大，跟昨天来工作室拜访的他可谓判若两人。

"你想让我怎么杀你？"

三桥的声音从上方降临。

"从哪儿切？耳朵？鼻子？或者先从眼睛开始？"

阵内无法回答。

"罢了，罢了……我也是有慈悲心的，就让你死个痛快吧。"

三桥举起了刀。

阵内的大脑飞速运转着。就算对方拿着刀，他真的会被这家伙杀死吗？没事，他还不会死。这里是室内，而按照神崎的预言，他会死在马路上。

阵内举起手，想要打落三桥的刀。三桥察觉到了他的动作，无情地把刀挥了下去。

刀尖逼近，马上就要刺中了——

阵内抓住了三桥持刀那只手的手腕，准备直接把他摔倒。

很快，阵内就意识到了不对劲。

从三桥的身体里感受不到力量。明明抓着他的手腕，可他却没有要挣脱的意思。

阵内缓缓地看向三桥的脸。

他的眼睛确实盯着阵内，但那双瞳孔里并没有阵内的身影。

三桥的眉宇间流淌下一股鲜红的血液，眼睛先是像在确认血流似的聚焦，然后便翻白了。

阵内从三桥手中夺过刀。三桥的指尖轻轻地从刀柄上滑落。

三桥左右摇晃着，倒在了地上。

有个人正站在三桥的身后。

是神崎，她手上正拿着碎了一半的花瓶。

那个花瓶就是电视上放着的蓝色空花瓶。

"得救了……"

神崎露出了微笑，那笑容却因恐惧而僵硬起来。

阵内全身失去了力气，摇摇晃晃地倒向神崎。神崎支撑住他的身体，手里的半个花瓶滑落下来，滚落到地上。

"我还活着。"阵内像在告诫自己似的，喃喃自语。

至于神崎——

"今天还有近三十分钟才结束，现在还不能掉以轻心。"

阵内默默地点了点头。他捡起掉在地上的战术刀，把它放在了远离三桥的房间的一角。

神崎翻弄着三桥的衣服口袋。

阵内靠近三桥，用手掌按压他的颈部，感觉到血管在搏动。

"他没死，只是昏了过去。"

"这样啊……那我们得把他绑起来，以防他又失控了。噢，找到了——"

神崎从三桥的口袋里掏出了什么东西，举到阵内眼前。一个金属制品，一端连接着黑绳，看起来像是一个小小的装饰品。

"这是手铐的钥匙。"

阵内点了点头，从神崎手里接过钥匙，赶紧来到躺在地上的细野身边，把他手脚的束缚解开了。

"你还好吧？"

细野只是无力地点着头。或许是出于恐惧，或许是遭受了三桥的暴力对待，他的身体还在颤抖。

阵内再次回到三桥身边，像三桥对待细野那样，把他的手脚分别戴上了手铐和脚镣。

做完这些后，阵内深深地叹息一声，坐在了地板上。

"阵内先生，您没受伤吧？"

"我没事，你呢？"

"我也没事。刚刚脑袋被狠狠撞了一下，但并无大碍。"

"是吗？那太好了。"

"不过我们得早点报警。"

"是的……"

"估计很难向警方解释清楚我今天为什么会在你家里。"

"也是。不过仔细解释就一定能让他们明白的。"

这时，从他们背后传来一个声音。

"都不许动。"

阵内不禁倒吸一口凉气。

他缓缓地转过头，发现声音的主人是细野。

细野站在那里，手上握着刚才三桥用的那把战术刀，刀尖正直直地向他们靠近。

阵内吞了口唾沫，开口问道："细野，你想干什么？"

细野毫不客气："这不是明摆着的吗，老师？"说完，他又像自言自语似的，喃喃地说："就算现在在这儿把你们俩都杀了，我也能把罪责都推到昏迷的三桥身上。"

阵内颤抖地问："你知道你现在在干什么吗？"

"我本以为三桥会杀了你，原本不打算动手的，没想到他在关键时刻掉链子……"

"你跟三桥是串通好了的？"

细野像是被什么附身了似的："三桥并不知道我也想让你死。不过我察觉到他对你动了杀心，觉得这是个好机会，便佯装不知。昨天我跟三桥一起跟踪了你，知道你在这个房间里。立花问过我知不知道你在哪儿，我说不知道。老师，你不觉得奇怪吗？为什么我在手脚被三桥束缚的过程中没做任何抵抗？就算他拿着刀，可对手只有他一个，我完全可以趁机反击。答案很简单，我只是装成害怕的样子，让他随意处置罢了。"

阵内看了看时钟，还有十七分钟。

"要杀我的并不是三桥，而是你吗？"

细野没有回答。

"三桥现在已经不省人事。我之前一直被铐着，没碰其他东西，不用担心留下指纹。只要在杀了你们后让三桥握着这把刀，在刀上留下他的指纹，就没有任何问题了。"

细野喃喃地说着，像在告诫自己。

"我一直在想什么时候把你杀了，但我可没三桥那么笨。我还很年轻，人生才刚刚开始。我可不想因为杀了你而毁掉自己的人生。"

"你为什么要杀我？"

还有十五分钟。

"阵内老师，你之前说过吧？你死之后会把《行星轨道》交给我。"

阵内想起来了。

——如果我死了，《行星轨道》就交给你了。

当时阵内情绪不太稳定，这句话便脱口而出了。但他并没有想到，事态会发展到今天这个地步。

"大家都跟你闹矛盾，然后辞掉了助手工作，只有我留了下来。我的梦想是当一名漫画家，如果继续做你的助手，总有一天能抓住机会出道，因此我留在了你的身边。但我立刻就后悔了。海乐欣之死虽然令人悲伤，但我还能忍受。让我无法忍受的是，是我协助你画死了她。我是杀死海乐欣的帮凶，是我的这只手画下了海乐欣死亡的那一幕。"

细野继续自言自语。

"因为你对我做了如此残忍的事，所以我想杀了你。"

仿佛在开导细野，阵内喃喃地说道："你随时都可以辞掉助手工作的……"

"不行！要是这么半途而废，海乐欣就白死了。"

看来多说无益。他跟三桥一样，也是海乐欣的狂热粉丝。

"如果你死了，我就会成为《行星轨道》的作者。我能让海乐欣复活。再也没有其他人能像我这样完美地模仿你的画风。必要的话，我也可以对外界说这部漫画原本就是我画的——阵内龙二抓住了我的把柄，以此威胁并夺走了我的作品，我只能甘愿当他的助手。就像这样对外界解释，不会有人怀疑我的。"

"细野，我明明很信任你……"

阵内感受到了强烈的背叛，愤懑的情绪从太阳穴一直蔓延到指尖。

"我崇拜的是《行星轨道》，而不是你。成为你的助手后，我获得了你的所有技艺，可以画出与你的笔法分毫不差的作品。实际上，我用笔名发表过《行星轨道》的同人志，坊间甚至沸沸扬扬地传说其作者就是阵内老师本人。"

听完这番话，阵内回想起之前的情景。

最近看到的那部同人志，也让他误认为是自己所画的。

那部作品的画风完全就是按照他的漫画来的，准确得令人作呕。

同人志的作者署名是"高桥龙一"。

当时阵内认为这是作者真名的可能性微乎其微，应该没人有胆量用真名画这种漫画。

"你就是高桥龙一吗？"

细野目中无人地笑着："没错，你终于发现了吗？"

细野喜欢同人志，还有很多朋友在画同人志。他是在工作室看了千夏的同人志才认识了她，也知道千夏把她画的稿子带到了《周刊Internal》编辑部。他之所以这么了解圈内的情况，就是因为他也是同人志的作者。

细野握着刀步步逼近。阵内听到了牙齿相碰的声音。有那么一刻，他以为是自己发出的声音，但很快就发现其实是旁边的神崎发出的。

神崎紧紧抓住阵内的手腕。

"没事的。"阵内大声说着，让细野也能听得一清二楚，"神崎女士，你预知到的只有我的死亡，而没有你自己的，你不会死的。"

神崎像蚊子叫似的低声嘟囔："我的能力只有一点是不清楚的，就是我能不能预知到自己的死亡。"

细野叫嚣道："我来预言。你们都会死，这都是决定好了的。现在是由过去的总和所决定，未来是由现在的总和所决定。你们的命运自出生后就已经决定好了。"

还有十分钟。

阵内大喊："神崎，你快逃。"

说完，他便立刻向前迈去，想要夺下细野的刀。然而细野并不畏惧，他挥起刀，向阵内捅去。千钧一发之际，阵内躲闪开了。接下来又是一击，刀尖直直地朝阵内脸上刺来，阵内不由得用手护住脸。剧烈的疼痛在手掌上游走，鲜血直流。

神崎正准备从扭打着的两人身边逃走。

细野立刻伸出手，抓住了神崎的头发，然后拽着头发把她拉到了自己身边。

"放开我。"神崎叫唤起来。

细野从背后用双臂勒住神崎，说："我可以拿她先开刀。"

阵内费力地从喉咙深处挤出了嘶哑的声音："住手！"

"阵内先生，趁现在快跑。"

细野笑了，仿佛沉醉于自己正拥有着的绝对力量。

突然，他的笑容扭转成了痛苦的表情。神崎用力咬了细野的手，可细野还是没放开神崎的身体。

细野抡起了刀。就在此刻，阵内冲动地扑向了细野，然而细野挥刀更快。神崎尖叫着把右手举起来挡在脸部。刀尖无情地划破了她的右手腕。神崎惨叫着，血从她手上滴落下来。

阵内朝细野胸口猛扑过去。细野身子后仰，但在摔倒前恢复了平衡，然后毫不畏惧地挥出了刀。阵内往后一跳，躲开了攻击。刀尖不断向阵内刺来——右边、上边、左边。一步步地，阵内被逼到了窗口。

还有五分钟。

阵内立刻反手打开窗户，背靠后跳到了阳台上。细野面目狰狞地追了过来。阵内顺势关上窗户。细野举起了刀……

"哐！"

细野持刀的手被夹在了窗户缝隙里。他痛苦地呻吟着。阵内并不害怕，继续用窗扇夹击细野的手腕。然而，细野持刀的那只手似乎没有松开。

还有四分钟。

细野将右脚踝卡进窗户缝隙，压上全身的重量推开了窗户。

阵内已经撑不下去了。要不逃到阳台外面吧？这里是二楼，从这个高度跳下去不会有什么大碍。

阵内把手从窗户缝隙里抽出，跑到了阳台的角落。

他探出头，往下看去。

在深夜的马路上，街灯照着柏油路面。

这时，阵内想起了神崎的预言。

——您会死在马路上。

不行，不能从这里逃跑。

阵内转过身，只见细野直冲过来。

一切都发生在几秒之内，仿佛慢动作一般。

阵内的右手碰到了外套，摸到了内层口袋里装着的皮质笔记本和中性笔。

细野的脸正逐渐向他逼近，刀尖也朝着他。

阵内立刻把手插入内层口袋，掏出了笔记本和中性笔。

他把笔记本朝细野脸上扔去。细野用手弹开，就在这一刻，他的注意力被分散了。

趁此间隙，阵内集中了全身的力量，将中性笔刺向细野的脸。

在眼睛被刺伤的同时，细野惨叫起来。

他左眼插着中性笔，狂乱地挥舞着刀。然而，现在躲开这些攻击并不困难。

形势已经完全逆转。阵内狠狠地撞击细野。细野被撞到阳台边缘，呻吟了起来。阵内立刻蹲下，抓住了他的脚。

细野胡乱地挣扎着，想要反抗。这时，阵内已经将细野的脚踝举到了肩膀高度，然后将他的身体推出了阳台。

阵内听到了细野最后的呻吟。

接下来便是身体猛撞到地面的声音。

阵内战战兢兢地从阳台探出了头，往下看向马路。

细野俯身倒地，纹丝不动，身体里流出大量鲜血。虽说只有两层楼的高度，但他是头先着地，似乎没时间采取保护姿势。

细野与柏油路面亲密接触时，那声音穿透了整栋公寓。公寓楼里四面的窗户里都有居民探出头，纷纷喊着什么——有人倒下了。救护车。快叫救护车。

阵内检查着自己的身体，除手掌外，并没有其他地方被刀刺伤。

阵内回到房里，走近正蹲伏在地的神崎。她的右手腕已经被鲜血染红。

"神崎女士。"

"我没事，只是轻伤。"

阵内说："对，没事，一切都结束了。"

"真的都结束了吗？"

阵内起身站了起来，从神崎身边走开。

他看了看墙上的时钟。

还有四秒。

他不由得吞了口唾沫。

两秒。

一秒。

时间到了午夜零点。

6月9日已经成为昨天。

阵内情不自禁地喊了起来："成功了，神崎女士。我赢了！"

安定的情绪包裹整个身体。充实而幸福的感觉涌来。未来并非注定。他现在知道了，只要拼死努力，未来就一定能改变。

终于为里美报仇了。

当然，即便他生存下来，里美也不能回来了。然而，他战胜了命运，这命运曾将里美逼到了死地。就凭这个，他从今天起，还能活下去。

阵内这样思索着。

这时，他感到背后受到一阵冲击，仿佛被一根烧得通红的铁棒刺到。

为什么？

细野从阳台掉到了马路上，三桥的手脚被捆着，还不省人事。

阵内缓缓地、缓缓地转过了头。

站在眼前的是神崎。

血一滴一滴地落到神崎的脚下。

阵内花了好一会儿才意识到，这是来自自己身体的血液。

他的背上插着一把菜刀。

就是神崎今天早上做早餐时用的那把。

刀柄正被她的双手紧紧地握着。

神崎的神色让她看起来仿佛变了个人。

她面无表情，冷漠如冰，丝毫看不到对阵内的信赖。

自认识以来她展现在自己面前的微笑仿佛虚幻。

"你体会到了？"神崎冷淡地说着，表情仿佛寒冰一般，"从幸福的顶峰跌落到悲痛的深渊，这种心情你体会到了？"

在说这番话的同时，神崎把插在阵内后背的菜刀用力地往上顶。疼痛遍布全身，和悔恨交织在一起，泪水充盈着阵内的眼眶。

阵内狼狈地倒在了地板上。神崎俯视着他的狼狈模样，目光尤为尖锐。

"为什么，为什么你会……"

不是三桥，不是细野，而是神崎？

"而且……今天……已经……不是……6月9号了……啊……"

泪水和痛苦让阵内的话语断断续续。

"不管是6月9号还是10号，不管是在马路上还是在室内，只要你能死，日期和地点都无所谓。"

"你不是有预知能力吗……不是能看见未来吗？"

神崎凑近阵内的脸，说："我有没有预知能力不重要。"

阵内无法躲开她的目光。

"重要的是你相不相信。"

"你骗了……我？之前那些……都是演戏？"

她在预知到电影院火灾时流下了眼泪，微笑着鼓励他一起直面命运，这些竟然都是演给他看的。

神崎微笑着。轻蔑的微笑，她在嘲笑阵内的天真。

"我不是说过吗？在高中那会儿，我加入了戏剧社。我一直都在演戏，累死我了。为了冒充你的粉丝，我收集《行星轨道》的周边和《周刊Internal》旧刊，可是花了不少钱。"

阵内完全没明白她是什么意思。为什么她会背叛自己？

他费力地挤出声音："你……究竟……是谁？"

"你不知道？"神崎面无表情地问，"你不知道我是谁？"

不知道。

神崎看穿了阵内的表情，开始徐徐地讲述起来。她仍然面无表情，宛若一副能面。

"我刚上大学那会儿，十九岁，当时交往了第一个恋人。我把初吻和处子之身都给了她。跟朋友们比起来，我在这方面算是比较晚的。她是我大学的同班同学。她性格软弱，胆小怯生，沉默寡言，似乎一阵风都能吹倒。"

阵内睁开双眼凝视神崎，目光中透露着错愕。

他想起来了。

第一次到这房间的那天，他就感觉以前似乎在哪儿见过神崎。

莫非……

可能是在参加她的葬礼时，他在遗属中见到过神崎。

"你是……她的母亲吗？"

神崎心满意足地笑了："没错，我离婚后恢复了旧姓。"

神崎把脸凑过来，占满了阵内的视野。

"从幸福的顶峰跌落到悲痛的深渊，这种心情你已经体会到了？"

她再次说出刚才那番话。

阵内回忆起往昔。

为了营造最后的美好回忆，他们在银座的一家法餐厅吃饭。

他左思右想地考虑着要何时提出分手。到家门口时，她并没有立刻下车。他的神色也许让她感到了不对劲。她看着阵内，神色中透露着几分担忧和期待。

"那晚，那孩子以为你要跟她求婚，可是你却辜负了她的期待。"

不。当晚他做出特别的安排是要留下最后的回忆，是为了向她提分手。

"所以……她自杀的……原因……与我有关吗？"

"没错，是你杀了那个孩子。"

"我怎么会……知道……这种事情。她怎么能……自作多情地……期待呢……"

过去的画面和如今的疼痛交织在一起，阵内的意识逐渐模糊。

"尽管你对那孩子做了那么过分的事，她还是忍受着你的苛待。因为她喜欢你，深信总有一天你会选择她作为伴侣。可你却辜负了。是你杀了她。"

"过分的事？苛待？这到底……是什么意思？"

他知道。他知道的。不必多问，他也十分清楚。

"你真是太过分了。"神崎流利地说着，"我就是从那时开始画漫画的，那会儿画的就是《行星轨道》的原型，而她就是第一个读者。她不爱说话，所以只说了'有意思'三个字。当时我很困惑，不知道她说这句话是出于真心还是为了照顾我的感受。"

"别说了……"

"不过，她还是给了我一个建议。作品里缺少女主角。她说，如果有一个魅力四射的女主角，我的漫画一定会更有意思。我采纳了她的建议，画出了海乐欣。"

"别再说了……"

"当时的海乐欣跟现在的版本有些不同，发型是黑色短发，身高也并没那么高。出道时，我参考了编辑的意见，把她的身材也优化了一下，以便取悦男性读者。"

"求你了……"

阵内从内心乞求着她的原谅。

他双眼噙满泪水，不知道是出于疼痛还是其他原因。

"你竟然还能厚颜无耻地说出这种话。"

神崎俯视着阵内，丝毫看不到当初信赖他的模样。那是双一心想要复仇的眼睛。然而她的面庞依然年轻，看起来根本不像年近五十岁。

——如果我真像您说的那样看起来很年轻，那估计是因为有些东西让我十分痴迷吧。

神崎的这句话清晰地重现在阵内的脑海里。

让她痴迷的东西既非思慕之情，也非《行星轨道》，而是对阵内的仇恨。

"画下漫画的是她，建议说缺少女主角的是你。之前你故意说反了吧？唯一的真话是，你只在出道时参考了编辑们的意见。你剽窃了她的作品。《行星轨道》原本就是她画的漫画。"

阵内一直以来都下意识地回避这个事实。

"吊在天花板上的尸体是我发现的，现场也发现了遗书。遗书上写着一切的来龙去脉，包括她的作品是如何被剽窃的，她是如何被甩的，海乐欣的角色设定又是如何被擅自更改的。我把这封遗书埋藏在了心里。你真是太过分了，彻头彻尾地玩弄她。"

他并未玩弄她。他没有恶意。一切都是无可奈何的。那时他完全想象不到自己竟会凭借这部漫画出道，作品还成了畅销书。他也不曾想到，对她的爱恋会一点一点地逝去。

神崎说："你的父母太幸福了。"

——老实说，这对我而言是个沉重的负担。我每次出单行本时，我母亲都会买好几本送给亲戚和邻里。每次回家，她都会缠着我要签名。

——做父母的都是这样。

——我很羡慕您的母亲。

——她的儿子这么有出息。

"成为作者母亲的原本应该是我。那孩子自杀后，我和丈夫也在这件事的影响下离了婚。我想让你也体验一下那天晚上她所感受到的绝望。"

她在车里的表情清晰地重现在阵内的脑海里。

"我想让你也尝尝被辜负的滋味，想让你也体会体会从幸福的巅峰一下子坠落到绝望的深渊的感受。"

阵内以为神崎的预言是百发百中的。最开始他也半信半疑，但当三桥出现在房间里时，他毫不怀疑地认为自己将会死去。正因如此，当他躲过三桥和细野的攻击，当日期跨过6月9日时，他大喜过望，激动得浑身颤抖。

就在这一刻，他被菜刀刺中，下狠手的还是他一直信赖的神崎。

从逃生的喜悦一下子摔向绝望的痛苦难以用言辞表达。

难道她的目的就在于此？

"所以我才必须让你相信我有预知能力。"

神崎的所作所为都是为了让他由衷地相信她的"能力"吗？

"可你为什么……会知道……细野和三桥……今天……要来袭击我？"

神崎微笑着。那是胜利者的骄傲笑容。

"我怎么可能知道这些事呢？不过是巧合罢了。"

"可是……你说过……我会在6月9号……被杀。实际上……三桥也在这天……来杀我了。"

"阵内先生，你是不是忘了一件事？电影院发生火灾时，我对你连半个'死'字都没说，只是做出了不安的模样让你往那方面联想。如果没能找到杀死你的时机，那就等待下次机会。可三桥却声称要在6月9号杀了你，你又把这件事告诉了我，所以我才说你会在6月9号死去。实际上，三桥能不能在6月9号杀掉你，根本无关紧要，关键在于我要在6月9号之后杀了你。因此，我只需提醒你注意，别在6月9号死了即可。但我没意料到，那个叫细野的人也动了杀你的念头，所以我当时才拼命地救你。如果你像预言所说的那样被他杀了，那我的计划就全泡汤了，不过那家伙却被你给干掉了。阵内先生，谢谢你配合了我的计划。"

阵内感受到了绝望和背叛……他内心的情绪已经无法用言语表达，内心就像一片一望无垠的灰色沙漠。

神崎的女儿在自杀前也是这样的心情吗？

"那本……剪贴簿……又是……怎么回事？你……真的……接受过采访吗？"

在跟神崎初次见面时，她展示过一本剪贴簿，里面收集了跟神崎所预言的事件相关的数量众多的新闻报道，其中一篇文章记录的便是她接受某个超自然杂志的采访。

"在那孩子自杀后不久，我在整理她的房间时发现了那本超自然杂志，我完全不知道她竟然在看这类杂志。我无意地翻看了一下，里面有一页的页角被折了起来，应该是她折的。那页就登载着那篇采访文章。"

"难道说……"

阵内的初恋、神崎的女儿才是真正具有预知能力的人?

然而，神崎仿佛看透了阵内的心思："不是的。我并不知道她有朋友溺死过，我也并不是因为女儿预知到了那起事故才搬家的。"

"那……"

为什么她会看那本杂志?

"我不知道，但多半是用作漫画的素材吧。"

也许是的，但是……

"我在看那本杂志时，便构思了这次计划的全貌。我去买了剪贴簿，从杂志上剪下了采访预知能力者的报道，然后贴在剪贴簿里。从那时起，我每天都仔细浏览报纸，不放过任何一个角落，一直在探寻着与这篇预知能力报道相对应的事件的新闻。这个国家每天都会发生各种各样的事件，只要用上一年时间就能收集到三篇合适的。"

这三篇报道分别是《民宅遭遇强盗，一家三口死亡》《海边再发溺水事故》《大学生被卡车碾轧致死》。

"当然，在剪报纸时，我注意不让剪下来的正文里包含有年份相关的信息。我还把剪下来的报纸放在阳光下长时间曝晒，这样能加速纸张的老化，看起来就像是好多年前的。这些小把戏已足够让你看一次就会相信，反正又不会去做科学检验。此外，如果只有四篇报道，可能会让你起疑心，所以我随意选出很多事件报道贴了上去，把剪贴簿的每一页都贴满了，其中自然也包括你未婚妻死于交通事故的报道。"

他太蠢了！完全按照神崎的安排行动，却没有心生怀疑。

"剪贴簿的事……或许……解释清楚了，但你……究竟又是……怎么预知到……那三起……事故的呢？"

神崎俯视着阵内。

"预言里美和……西园寺死亡……的信件……我已经弄清楚了。之前……我的责任编辑……立花解释过……信封上的邮戳日期……为什么会在……事故发生以前。他说的那个办法……解释得通。可你……到底是如何……得知电影院……会发生火灾的？"

神崎坐下来，将插在阵内后背上的菜刀拔了出来。阵内惨叫起来，鲜血四溅。神崎毫不留情地、鲁莽地挥刀刺着，阵内继续惨叫着，鲜红的血液喷涌而出。然而，阵内还活着。

神崎站了起来，冷冷地俯视着阵内，说："根本没有什么把戏。"

神崎转身背对着阵内，然后离开了客厅。

阵内匍匐在地，追在神崎身后。

他必须得去外面求救。

他经过第一次来时被神崎领到的那间日式房间的门前。房门正开着，往里望去，里面的隔扇门也开着。房间里收藏着阵内的漫画。

她说过她是《行星轨道》的狂热粉丝，然而这是弥天大谎。她收集许多角色周边产品，只是为了让阵内相信她是粉丝。

阵内铆足全身力气站了起来。在疼痛的作用下，他的意识已经开始恍惚，但他还是穿过起居室，进入了那个房间。

房间里有《行星轨道》的海报，有海乐欣的抱枕，有为收集这些周边而使用的电脑，还有那个书架。

钢制的书架占据着一整面墙，其中一层摆放着《行星轨道》全集，另外一层放着《行星轨道》相关的杂志书籍。剩下的地方则全部收纳着登载了《行星轨道》的《周刊Internal》。

这些漫画是偷走她的点子后完成的，它们让阵内获得了超高收入，又把他卷入了这场风波。

阵内挥起拳头，将书架上摆放的漫画书打落在地。书页在空中飞舞，鲜血四处飞溅。

伴随着疼痛，阵内绝望地抽泣着，跪在了地板上。

钢制书架每层的纵深足够放前后两排书，外面那排之前都摆着阵内的漫画书，所以阵内当时并不清楚里面摆放的是什么。

而如今……

阵内往书架的深处望去。

隐隐约约能看到书的名字。

《自动四轮车的原理》

《杀人之道》

《恐怖袭击的手段》

《那家酒店的火灾是如何发生的》

《客机坠落》

　　旁边摆放着薄薄的小册子，看起来不像市售的书籍，感觉像同人志。阵内伸出颤抖的手，猛地从书架里抓了一把书出来。他目不转睛地盯着书名。

《邮包炸弹的制作方法》

《氢弹制作傻瓜教程》

《联合赤军[1]实录》

《公安内部文件》

《为游击士兵定制的战术》

《破坏性武器完全操作手册》

《有毒化学武器制作术》

1　联合赤军：活跃于 1971 年 7 月至 1972 年 3 月的日本极左恐怖组织，制造了震惊全日本的浅间山庄事件。

书架上还摆放着很多类似的书和小册子。阵内感到后背发凉，不安的感觉从脚趾上蹿到头顶。现在，折磨着全身的痛楚与这份不安比起来，已是微乎其微。

根本没有什么把戏。

"没错——"

背后传来了神崎的声音，然而阵内已经没有力气回头。

"在签售会上，我第一次见到了你的未婚妻。我跟踪了她，于是就知道了她家住在哪儿，开的什么车。我在那辆车上做了手脚。但这个方法并不保险，因此我没在那封信上写'会死于交通事故'，只是用模棱两可的表达方式，写下'会遭遇交通事故'。如果她没死，我就打算在预知能力的设定上做一些修改。比如，能确切预知到的只有事故，至于受害的详细情况就不清楚了。幸运的是，她死了，我不用再搞一些多余的伎俩。"

里美此前从未出过事故……

"那个叫西园寺健的也是这样。他似乎跟我很合得来。我把他叫到了屋顶上，他当时有点醉了。其实我很胆小，如果不借助酒精的力量，就没办法邀约异性。西园寺喝醉了，腿脚也不方便，因此我这个女人也能轻松地把他从屋顶上推下去。"

阵内曾在楼梯的平台上与拖着右脚行走的西园寺擦身而过。

"我提到过我经常去那家电影院吧？当时我立刻就察觉到那

栋建筑缺乏安全性。你的责任编辑立花说了那么奇怪的话，而你也几乎要相信了。没办法，我只好紧急策划出一个预言。那天也很巧，电影院门前排了很多顾客，因此我便预言电影院会死伤者众多。我是头一次干这种恐怖袭击一样的事，但我有信心。人越多就越容易造成恐慌，我只是为这起火灾扣下了扳机而已……"

阵内惨叫起来。

在意识逐渐模糊中，他开始了思考。

《民宅遭遇强盗，一家三口死亡》。

《海边再发溺水事故》。

《大学生被卡车碾轧致死》。

剪贴簿上贴着这三篇新闻的报道。

神崎说，她只是等着报纸上出现相应报道来匹配那个预知人士的采访。然而，她会做出这么冷静的事吗？莫非这三起案件也是神崎策划的，只是为了制造新闻报道？

阵内感觉到喉头有冰冷的金属划过。然而，他已经神志不清，没有精力再害怕了。

神崎水平地挥动着菜刀。视野被染成一片鲜红，惨叫声戛然而止。几秒后，阵内便断了气。

*

　　“里美。”

　　“里美。”

　　“里美。”

　　听到阵内不停叫着自己的名字，她回过神来。

　　新刷的雪白墙壁上挂着一幅高更[1]画作的复制品。玄关摆放着两个人的鞋子。这是他们的新家。

　　两人此刻正站在玄关处。

　　“里美，你怎么了？”

　　里美回过神来，看到阵内正盯着自己的脸。担忧之中透露着单纯，他那天真烂漫的表情就像是一个什么都不知道的孩子。

1　高更（1848—1903）：法国后印象派画家的代表。他从印象主义的画风出发，在浮世绘、罗马雕塑、民众工艺等多角度的影响下，形成了新的画风。他的画作具有象征主义的主题，画面构图具有装饰性特征，其色彩也具有极强的主观性，为现代绘画带来了诸多启示。代表作品有《黄色基督》《游魂》《敬神节》等。

里美也看着阵内的脸，能将映在那双眼眸里的自己的影子看得一清二楚。

阵内什么都不知道。他不知道他的恋人有这样的能力，也不知道接下来他将迎接怎样的命运……

里美喃喃地说："龙二。"

她感觉到了，在之后好几天的时间里，阵内龙二接下来将感受到的疼痛、苦楚和悲哀，一拥而入地印在了她的脑海里。然而，对现在看着里美的阵内而言，那只是白驹过隙的一瞬间。

他绝对无法窥视到她的内在，也不可能感受到她所看到的那些画面。

"里美。"

她沉默无言，茫然地站在那里。也许这让阵内担忧，他小心翼翼地伸出了手。他的手里拿着什么东西，正闪闪发光。

"你忘拿这个了。"

是车钥匙。

为了能早点出门，里美整理好妆容，做好早餐，事先将车钥匙放在了桌子上，以节省在包里翻找的时间。然而，她却把这事给忘了。

里美从阵内手里接过钥匙，然后静静地回过头。她什么都说不出来，只是背对着他，逃离似的离开了家。

玄关外的世界如此鲜活，与她的忧郁心情相反，外面正晴空万里。阳光洒落，微风吹拂，舒服得过分。在这个世界里，自己即将死去，而阵内也在向死亡靠近。

那些画面如光芒一般，如波浪一样，涌入了里美的脑海，然后又消失殆尽。她看到了一个名叫三桥的狂热粉丝企图杀害阵内，也看到了一个名为神崎的自称有预知能力的女人试图保护阵内免遭他的伤害。

阵内深信自己会被三桥杀掉。因此，三桥为何对阵内动了杀心，阵内如何迎接死亡，这些影像交织在一起，被里美看得清清楚楚。阵内到临死那天也不曾想到细野和神崎会对自己有杀心，因此里美并不能从细野和神崎的视角看到相关的影像。这便是生来与这个能力打交道的里美总结出来的法则。

神崎的能力是一场骗局。她的预言只是谋杀预告。她自称具有预知能力，就是为了完成这个残酷至极的复仇计划。她让阵内胆怯，让他的精神日渐崩溃，让他与命运斗争，在他认为已经战胜命运时，立刻将他推向失败的深渊。

里美想起来了。

《预知能力真的存在？》。

她忘不了这篇报道。

那是她高中时代要好的女性朋友。里美预知到了她的死。她会在海边溺亡。里美劝她不要去泡海水浴。然而，她不顾里美的劝阻，依然去了海边。她对里美所拥有的预知能力一笑置之。然后，她死了。此后，里美在伙伴之中饱受批判。大家好像在暗示是里美杀了她，朋友一个个离开了里美。

那时，有些记者不知从哪儿听说了传闻。里美接受了他们的采访。若是平时，她会拒绝这种采访。她从没想过炫耀自己的特殊能力。然而她的预言成了现实，她没能救下好朋友。后来，她的能力在朋友中尽人皆知，大家都认为她在装神弄鬼。已经没有继续隐瞒的意义了，当时的她意识到所预知的未来绝对无法改变，便自暴自弃了。

神崎的女儿有登载了采访里美报道的那本杂志。神崎的女儿死后，读了这本杂志的神崎便构思了对阵内的复仇计划。

里美想起了预知情景中阵内说的那段话。当时他在跟神崎交谈，他正为里美的死而感到自责，便与神崎谈论起从前的恋人。里美想起的就是那后半段话。

——从那天起，大概在一周的时间里，她频繁地给我打电话和写信。她应该是从哪儿听说了里美的事，电话和信件的内容大半是对里美的恶语中伤："那个女的是恶魔的女儿。""跟那种女人交往，你是不会幸福的。"……

阵内之前的恋人——神崎的女儿，一定也知道里美的过去。阵内和她是大学同学，有很多共同的朋友。只要联系到其中某个朋友，她就能得知阵内交了新的女朋友。

里美在故乡一直生活到高中时期，关于她的传言在附近已尽人皆知，因此里美一家才逃离了那个镇子。当时，父母和镇上朋友并不知道有杂志登载了采访里美的报道。她没跟任何人提过。

现在又如何呢？父母或许还不知道，但不能断言镇子里就一定没人读过那篇报道。虽然杂志受众是超自然发烧友，但这本月刊也会在镇上的小书店里售卖。要是真的有人读过，传言会更为广泛。如果神崎的女儿去过镇子呢？

这时，里美听到了玄关的门打开的声音。她感觉到了阵内的气息。

"里美。"

背后传来了他的声音。

里美缓缓地回过头。

阵内来到室外，追在里美身后，用一副天真无邪的神情凝视着里美。

里美突然问道："龙二，你有漫画家的才华吧？"

阵内露出诧异的神色："为什么这么问？"

里美强颜欢笑地回答："没什么，只是突然想问问。"

他微笑着说："对啊，我有才华，里美你是最清楚不过的吧。"

"嗯，也对。"

没错……最开始他的确是剽窃，但也是他将《行星轨道》打造成了人气漫画。神崎女儿所画的只是《行星轨道》的原型，即便她能因此出道，那也不能确定她的作品能像阵内的漫画那样热卖。

没错，他是有才华的。不能仅凭他最初的剽窃，就全盘否定他的所有。

"龙二。"

"嗯？"

"已经没事了。"

里美像在自言自语："我没事的。"

她又点了点头："没错……"

阵内轻轻地举起手，温柔地微笑着："嗯，那就再见啦。"

这是暂时的离别。

明天还能再见。

里美也微笑着回应："再见。"

这只是暂时的离别。

阵内微笑着关上了玄关的门。他的身影从里美的视野里消失了。他的笑容让她依依不舍。要不要再开门去见见他呢？里美迅速打消了浮现在脑海中的这个念头。

明天还能再见。

在预言里，未来的阵内准备直面已被预知的死亡。他与命运斗争，想要获得胜利，结果却未能如愿。

今天的里美就和预言里的阵内一样。

未来已经注定，命运无法打破——这些规矩已让她厌恶。一直以来，她目睹了许多人的死亡，每一次她都努力去拯救他们，但都以失败告终。一定是因为形同断念的思绪在她的心中筑巢，让她坚持认为未来是绝对不可改变的。

然而，如今不同了。

未来并非注定。明天是自由的。就算故事情节已事先编排好，也能推翻再创造新的情节。未来还未发生，它的全貌就如同易碎的玻璃工艺品般脆弱不堪。

里美一手撑着引擎盖，一手从包里取出手机。她开始思考自己接下来需要采取的行动。

更好的阅读

特约监制　潘　良　于　北

产品经理　胡马丽花

责任编辑　彭　涛

特约编辑　夏　冰

版权支持　冷　婷　李孝秋　金丽娜

营销支持　金　颖　于　双　温宏蕾

封面设计　瓜田李下Design

封面插画　瓜田李下Design

关注我们

官方微博：@文治图书

官方豆瓣：文治图书

联系我们：wenzhibooks@xiron.net.cn

著作权合同登记图字：22-2024-141 号

图书在版编目（CIP）数据

破碎的杀意 /（日）浦贺和宏著；水七木译 . -- 贵阳：贵州人民出版社，2025. 5. -- ISBN 978-7-221-18885-4

Ⅰ . I313.45

中国国家版本馆 CIP 数据核字第 2024FG3229 号

POSUI DE SHAYI

破碎的杀意

[日] 浦贺和宏 著

水七木 译

出 版 人	朱文迅	
策划编辑	胡马丽花	
责任编辑	彭　涛	
责任印制	蔡继磊	

出版发行　贵州出版集团　贵州人民出版社

地　　址　贵阳市观山湖区会展东路 SOHO 办公区 A 座

印　　刷　三河市中晟雅豪印务有限公司

版　　次　2025 年 5 月第 1 版

印　　次　2025 年 5 月第 1 次印刷

开　　本　710mm×1000mm　1/32

印　　张　8.25

字　　数　158 千字

书　　号　ISBN 978-7-221-18885-4

定　　价　59.00 元